小説 新子

ShinKo
TokizAne

時実新子

P+D BOOKS
小学館

目次

嫁ぐ

新子は日の暮れから吉井川の雁木《がんぎ》に腰をおろしていた。石のように動かぬ新子の足裏を舟虫がくすぐる。手の甲を這いまわる。

秋の陽はことんと落ちて、新子の腰かけている石はまだ十月のぬくもりを残しているのに、背を吹く風はつめたかった。

さっきまで見えていた川蟹の赤い爪の色が夕闇に溶けると、風は急に東風になって新子の額の髪をうしろへなびかせた。

満ち潮の音がきこえる。うっすらと東岸の山の稜線が明るいのは、まもなく月が昇ってくるのだろう。

嫁に行く。あと二た月で見も知らぬ家へ嫁に行くということが新子にはどうしても納得できなかった。

(どうしてこんなことになったのだろう。わたしはまだ十七歳じゃ。これから学校へ行って、

保健婦になって無医村へ行くのよ）

「その学校は空襲で焼けてしもうた。それになあ、うちには近く姉さんの婿取りがある。おまえが家にいては婿を取らんと姉さんがごてとるのよ。新子は利口じゃけん。ききわけて、あきらめてつかあさい。わかったな」

自問自答がいつのまにか母との対話になっていく。

「母さん」

新子はすわった石を満ち潮が洗いはじめたのもかまわず、声に出して母を呼んだ。まるでそこに母がいるように。

「わたしを勤めに出して。下宿して私はお勤めする」

「そんなことができるご時世かい。一升の米も持たんとどこが泊めてくれる。うちは父さんも一人子、母さんも一人子。親戚がないことも不運じゃ。いいや、親戚があってもみんな焼けてしもうて、自分たちが食うことに精いっぱいじゃろ。岡山の街へ行ってみんさいや。進駐軍がピューピュー口笛吹いて、ヤミ市とやらには浮浪者がうようよいるそうじゃないか。おまえみたいな世間知らずはすぐ騙されてパンパンに売られるぞな」

「………」

「な、中田のミーさんも木村のタエちゃんも嫁入り決まったそうじゃないか。嫁入りがいっち安全なんよ。おなごの子は早かれおそかれ嫁に行くもんじゃ」

「そんなら母さん、なんであの先生のところへ嫁がせてくれなかったの！」

新子はさっきから溜めていた涙が堰を切るのを覚えた。東岸の山から昇った月はキラキラと吉井川の波を砕き、その光の波は新子に向かってぐんぐん伸びてくる。

河口月光　十七歳は死に易し

新子が「先生」というのは女学校時代の音楽教師だった。新子が生まれてはじめて好きになった人。彼の方でも新子の成長を待って結婚しようと言ってくれて、春には仲人まで立ててその約束を実行してくれたのだった。

ところが母はにべもなくその仲人を追い返したのである。

「なあ母さん、答えてよ！」

「あんな、あんな道楽者のところへ嫁がせられるかい。誰彼と浮いた噂の絶えんお人やないか。おなごはのう新子、亭主に浮気されるほどつらいことはないんじゃ。それに、たくさんの教え子の中からおまえにと言うて来られたことも母さんには信用できん。ちいとばかし頭がええだけが取り柄かもしれんが、べっぴんさんは掃いて捨てるほどいように」

母の声は新子をうなだれさせた。水はもう臍《へそ》のあたりまで来て、新子の腰を浮かせようとする。新子は両手を雁木について身体を支えた。その拍子に手がすべって、牡蠣殻で切ったのか指先がヒリヒリする。そのまま新子は月の光の中へずるずるとすべるように沈んでいった。

「のう、新子は望まれて貰われてゆくんじゃ。相手は海軍から戻って商売をしとりんさる。今はのう、月給取りではだめなんぞ。百姓か商売人の世じゃけん、新子は大事にされてヤミのお米もたらふく食べさせてもらえるわ」

あの晩、新子は、ちょうど沖から帰って来た漁師に助けられて、したたかに水を吐いた。母はその漁師に金を渡してきつく口止めを頼んだそうな。

昭和二十一年十二月十四日。

岡山発大阪行きの汽車は鈴なりの人を積み、黒煙をあげて走っていた。

父と母と姉と、そうして三日前に義兄となった人に囲まれて、新子は護送犯人のようにその汽車にうずくまっていた。

誰も、ひと言も口をきかなかった。車中には兵隊服のむれた匂いや軍靴の皮の匂い、冬だというのに垢くさい汗の匂いが充満していた。中でもやりきれないのは男たちの安ポマードの匂いと、女たちの焼け焦げたパーマネントの匂い。そうして、赤児や幼児の垂れ流す糞尿の匂いであった。

人々はぽかんと口をあけて死んだような目を窓外へ向けているばかりだった。

「降りられるかのう」

父が首を伸ばしてつぶやいたとき、左手の車窓に黒く汚れた城が見えた。

「あれ、姫路城は白鷺城じゃろ、白い城じゃなかったかのう」

と姉が弾んだ声で言い、

「空襲対策の迷彩じゃろう、今に白く塗りかえられるよ」

と義兄が答えた、そのとき、新子はふしぎな悪寒《おかん》が背すじを走るのを覚えた。

姉はこの義兄をきらっていたはずである。それが、夫婦となってわずか三日で何という変わりようだろう。さりげなく交わした二人の言葉に流れる親愛の情はいったい何なのだろう。夫婦とは見知らぬ男と女をこのように素早く結びつけてしまうものなのか。それは性というもののしわざにちがいないと新子は思って目を伏せた。性交——それは未知のおそろしい世界。おそろしいのに知りたい火焔の輪くぐり——。新子は漁師に命救われたときに思ったのだ。どうせなら男と女の性を体験してから死んでもいいではないかと。そんなわけだから嫁入り先の姫路という町も知らず、どんな家かも知らず、家族構成も聞いてはいなかった。相手の顔も一度ちらりと見ただけで、まだ形を結んでいなかった。新子にとって、相手は男でさえあればよかったのである。

父や母はそんな娘の思いを知らず、月夜の河口から蘇生した娘が急に「嫁に行く」と返事をしたのを素直によろこんでいた。父は、ことのほか新子をかわいがっていたが、それならといってこの嫁入りを阻止するだけの才覚も力もない人であった。

汽車はそんな家族の複雑な無言を乗せて、二時間の余も走ったか。ようやく姫路という名の駅に着いた。

姫路駅の乗降客のすさまじさに家族は呆然とした。降りる人を車内へ押し返しながら荷物の多い乗客が先を争って乗り込んでくる。そのうちに発車ベルが鳴りひびいて、母など唇の色もない狼狽ぶりである。

義兄が車窓からプラットホームへとび降りて叫んだ。

「花嫁です。通してやってくださーい」

その声にふと人々の怒気がゆるんだ隙に、新子は義兄に窓からプラットホームへ引きずり出された。つづいて衣裳箱や手まわりの風呂敷包みが投げられ、姉、母、父の順で窓から脱出したのであった。

駅の北口へ出て、新子はまた驚いた。

吉井川の河口の村とこの町の風景の何という違いであることよ。

町はいちめん白い瓦礫《がれき》で、牡蠣殻のような家ともいえぬバラックがひしめいていた。その低い家並の向こうに、迷彩色の城だけが無傷の偉容を誇っている。

花嫁を拉致《らち》して城は聳《そび》えたり

新子は駅からじっと城を眺めていた。母にうながされても動かず城と向きあっていた。新子はそのときまだ生と死の中ほどに心がさまようているのを意識していたが、目路《めじ》一直線の位置に堂々と聳える城は、新子のそんな甘い思考を嘲笑しているかに見えた。

「おまえはもうこの町から逃がれられはしない。かくごしろ、かくごしろ」

肩をゆすって笑う五層の天守閣は、無傷とはいえ、町をまる呑みにする戦火にさらされてぞんぶんに煤《すす》の涙を流したことだろう。その涙をふり払っての威風堂々に見えた。

(そうじゃ、城の花嫁にならなってもええ)

新子は自分の胸にそう答えた。

家族に背を押されてタクシーに乗った。ガタガタと鳴るドアを手でおさえながらたどり着いたバラックの一軒で新子は花嫁になるのである。

鏡の前でかつらをかぶり、ほんの三日前に姉が着た振り袖を着せられた。袖口はひんやりつめたいが背のあたりに姉の体温が残っているようで、新子は不意に涙をこぼした。

「ほれほれ、花嫁が泣いたらあかん。お化粧がだいなしやんけ」

遣り手婆のような着付けのおばさんの言葉が、新子が初めて耳にした播州弁だった。

ふたたびタクシーに乗って姫山神社とやらへ行くのだという。

おじぎするたびうつむくたび、借り物のかつらがぐらりと傾いて目をかくすのを両の手で支えながら、新子は広い通りの樟《くすのき》に舞う雪を見ていた。その風花《かざはな》はさながら新子の心細さを象徴するかのように、次から次とタクシーの窓にも舞ってやまなかった。

姫山神社は小さいけれど格式の高い神社のように見受けられた。控え室は両家一緒で瀬戸の手あぶりが二つ置いてある。その一つにはすでに山谷家の人々が集まっていた。

(どの人だろう)

新子は手あぶりのまわりの三人の男をちらちらと見て、一度だけ会ったことのある夫になる人をさがそうとするのだが、皆目見当もつかない。三人の男はみな、借り物だろう羊羹《ようかん》色に色褪せた紋付に羽織袴姿である。兄弟なのだろうか顔立ちもそっくりで、年齢はそろって新子より上に思えた。新子は相手の母親らしい人を捜したが、そのような人はどこにも見えなかった。婚礼の式にも出ない母親とは一体どんな考えを持った人なのだろうか。新子の心に不安がはしった。

巫女《みこ》さんに案内されて神前に進むと、三人の中でいちばんおとなしそうな色白面長の痩せた男が横に並んだ。何やら祝詞《のりと》奏上があって、新子は水のような神酒《みき》を唇に当てて返した。目の前の祭壇に供えてあったしなびた大根と、どう見ても空の酒樽が妙に印象に残っただけで式は簡単に終わった。

風花の舞う中を五分も歩くと樟の並木は途切れて、しもた屋風の家並になる。その中の一軒のガラス戸を仲人がガラガラと引くと、鉛筆やノートや筆入れや絵具やと、新子がついこの間まで親しんでいた文房具が目にとび込んできた。

「やあ、なつかしい。謄写版ですよねこれ」

新子は文金高島田の身も忘れて手を伸ばしたりした。店の奥は暗くてよく見えなかったが、目が慣れると、そこに女の人が立っているのがわかった。その人は髪も黒々と、どう見ても四十半ばにしか見えない。

「お越しやす。うちが母親です。よろしゅうにな」

新子はあわてて、かつらを押さえておじぎを返した。

「ほな、近所まわりをしまほか」

髪黒々の姑に手をとられて、新子は今またいだ敷居からふたたび外へ出た。一軒一軒おじぎして、じろじろ見られて恥ずかしい。

「まあまあ、可愛いらし。おいくつだす」

「へえ、十七とか言うて。うちもこの嫁を今初めて見たようなことでなあ。ねんねですけ、どうかよろしゅう」

新子は口をきかずにすんだ。ただ、とられている手を通して姑との縁のふしぎを思うているばかりであった。

二階座敷での宴は日が暮れてもつづいた。そして、その部屋が新子のその夜の床になろうとは。

花嫁となる地獄絵を母よ見よ

襖一枚距《へだ》てた隣の部屋には新子の父母と姉夫婦が泊まった。すでに汽車はなく、旅館とてないこの焼野の町では、そうするよりほかに手だてがなかったのであろうが、新子は息を詰めて身動きもならなかった。

新子は吉井川を思って暗い天井へ目をひらいていた。吉井川の河口には浚渫《しゅんせつ》船と呼ぶ箱のような船が終日水底の砂をさらっていて、川にはその砂を大阪方面へ運ぶ機帆《きはん》船が出たり入ったりしていたのである。その機帆船の船頭相手に五、六軒の遊廓があった。姫さんと村人の呼んだ遊女たちに新子は幼いころから馴染《なじ》んで育った。

「わっちらはのう、お客にからだ売っても売らんところが一つあるのや。それはの、くちびるや。くちすいさすのは好きな客だけよ」

新子は今、見知らぬ家の暗い天井を眺めてその遊女のことばを思い返していた。

横には今日初めて顔を見た男が、やはり息を詰めている。高い鼻梁が夜目にも白く浮かんでいた。

「そうじゃ、姫さんになればええのじゃ」

新子は隣の部屋の母にきこえるほどの動悸の中でかくごを決めたのだった。

「母さん」

新子は声にならぬ声で襖の向こうの母へ語りかける。

「よう見とどけてつかあさいよ。あんたはお父さんのほかは男など好きになったこともないと、貞淑ぶってよう話しんさった。好きな男の人に抱かれるちゅうことは、ほんまに幸せじゃろうねえ。母さんは果報者よ。しかし、あんたの娘は今、姫さんになるのよ。見も知らん男に身を任すのは姫さんじゃろ？　わたしは立派な姫さんになるけん、そこで耳を澄ましてよう見とりんさいや！」

神様の前で水のような酒を三々九度取り交わしただけで夫という名になった男がみじろぎをして顔を寄せて来た。

新子はだまってその顔を押しもどした。

夫になる人はくるりと新子に背を向けて、あきらめたようすだった。しばらくは互いの息の音だけになった。

新子は夫になる人の背中へ声をひそめて初めての口をきいたのである。

「はよう妻にしてつかあさい。親を安心させるためですけん」

するどい痛みが貫いて新子は一瞬気を失ったようである。

それからどれほど泣いたことか。なまぬるい涙は、あとからあとから新子の目をあふれ、耳から枕をぬらしつづけたのであった。

婚家

目がさめると窓が白みかけていた。

天井へ目を据えて新子はうつろであった。ここが六畳、父母や姉夫婦が泊まっている隣室が六畳……。この部屋の窓がうす暗いところをみれば西向きか。東の部屋の窓はもう明るいのではあるまいか。

「姉さん」

新子はそっと声をかけてみたが、何の返事もなかった。おそらく実家の者たちは早起きして、帰っていったのであろう。

夫は軽い寝息をたてている。

仕方なく、新子はまた目を閉じた。

新子夫婦に二階を与えた婚家では、階下の八畳に七人の家族がひしめきあって暮らしていた。

いちばん下の妹が小学二年生、その上の妹が五年生。弟のいちばん下は中学生だったから、三人は学校へ出かけて行く。

弟妹たちの声がしずまったころを見はからって茶の間へ降りていくと、食卓は姑のシヅの手で片付けられていて、漬物の鉢だけにわずかなたくあんが残してあった。

釜のまま釜敷に置かれたふたを取ると、とうもろこしの団子に米粒がまみれたごはんがある。団子ふたつずつ飯茶碗によそうて、つめたくなった味噌汁の汁だけなのを二つの椀に分けると、新子は夫の光男を呼んだ。

きのう知り合い、とつぜん結ばれた相手にどう声をかければよいのやら。光男さんともあなたとも呼べず、新子は店へ通じる三和土《たたき》に下駄の音をころしながら光男の背が見えるところまで行くと、小さな声をかける。

「あのう、ごはんです」

「おう」

光男も照れて新子の顔を見ようとせず、ふたりは火の気のない茶の間に向きあうのだった。

「うッ」

新子はとうもろこしの団子がどうしても喉を越さず、味噌汁の汁とお茶ばかり飲む。

「食べられへんのか。何が欲しいのや」

光男にやさしく問われると新子は早くも涙ぐんでしまう。

(白いごはん、分葱《わけぎ》のぬた、豆腐のいっぱい入った味噌汁、とれたての魚の焼いたの、食後にはミカンと栗まんじゅう……)

それはついきのうまでの新子の朝ごはんだった。しかし、大勢の家族の中へ嫁いできて、光男にそれをねだるのは酷だと思った。

「おひるにヤミ市で何か買うてきたるさけ、がまんしてくれな」

その夜、光男との夜具の中で新子は栗まんじゅうを三つ食べた。枕もとには「リーダーズ・ダイジェスト」がある。小さなしあわせに新子は初めてほほえんだ。

「あのう、下ではどうやってやすみんさるんじゃろう」

しあわせの心は他を思いやるゆとりもできて、光男にそうたずねてみる。

「弟二人は夜勤やから、おやじとおふくろと小さい奴三人は寝られる。心配せんでもええ」

「妹さん二人を二階へ呼んであげてもええですが……」

「いや、何とかしよるさけ、新子は心配せんでええのや」

初めてわが名を呼ばれてドキッとした。

三日目の朝、新子は階下へ降りておどろいた。うす暗い八畳にごろごろと人が寝ている。新子より年上の弟二人は工場の夜勤あけなのだろう、いぎたなく寝乱れて大きないびきをかいている。その横に下から二番目の妹が赤い顔をして苦しそうにあえいでいる。押入れにおさまりきらぬ夜具がたたんで積んである。そばでラジオが『東京の花売り娘』をうたっている。ガーガーという雑音にもめげずに明るくうたっている。

新子にとっては生まれて初めての乱たる光景だった。姑はと見れば台所の三和土の隅で、高下駄に尻はしょりをして、山のごとき洗濯物のたらいに手押しの井戸水を汲んでいるところだった。

「お姑《かあ》さん、私がやります」

「そうか、ほならやってみなはれ」

「はい。お姑さんは愛子ちゃんを看《み》てあげてください。風邪ですかいの」

「これだけぎょうさん居るんやさけ、いつも一人や二人は風邪ですわな」

こんな会話でも姑と話せたことがうれしかった。

たらいに手を入れる。井戸水はほのあたたかくてほっとする。姑が出してくれた砂まじりの四角い石けんを、弟の作業衣《つなぎ》にこすりつける。ごわごわとした手ざわりよりも、他人の男の匂いがたまらなかったが、洗濯板の力を借りてこすりつけていると、泡は立たないが少しは白くなりそうな。汗がにじむ。

悲しさにぐしゃぐしゃぐしゃと顔洗う

「これ、これ」

姑がそばに立っていた。

「いきなり石けん使うたかて落ちまへん。まず水洗いすると教えてもらわなんだんかの。ほれ、ほれ、石けんが水の中や。今どき一つの石けんも貴重品やで！」

「はいッ」

「固い生地はしっかり水につけとかんとあかんえ、まず白うて柔かなものからや。順番いうのがあるのやで」

「はい」

二枚、三枚、五枚も洗ったころから、新子は手の痛みに堪えられなくなった。てのひらはまるで砥石にかけたように血を噴いている。

「お姑さん、たすけてください」

「おほほほ、あんた、私がやりますて言うたから頼んだのでっせ、まあ、その手ェどないしたんや。やわやのう。そんなんで洗われたら白い物が血まみれや。うちがやるからそこをどいて、どいて」

新子の銘仙の裾はずぶ濡れで、急に寒さが足袋の先から沁みてきた。洗濯もまともにできない嫁。──新子はうつむくしかなかった。

近畿・中国地方を中心とする地震が姫路の家をゆさぶったのは、新子が嫁いで七日目の夜だった。ぐわらぐわらと横ゆさぶり、縦ゆさぶりのものすごさの中で、新子は逃げるすべさえわからなかった。七日経っても山谷の家はまだよその家だった。

階下から光男を呼ぶ弟や妹の声がする。誰一人として新子を呼ばないのは、他人とも身内ともあやふやな存在の、その呼び名さえみつからないのだろうと新子は思っていた。

少し息をしてはドドドドと揺りもどしの来る中で「降りるんや！」と腕を取ろうとする夫の手を振り切って新子はしんと座っていた。

（私はどうしてここにいるんだろう）

その思いが地震よりも強く新子を襲ってくる。

敗戦の年が女学校の五年生。しかし、新子たちのクラスは四年生で繰り上げ卒業をさせられていた。その四年生も大方が工場暮らしで授業はまともに行われてはいなかった。すべてが「非常時」の名のもとに、生徒たちは昭和二十年の春、思い思いに校門をあとにした。新子は保健婦の資格の取れる岡山厚生学院を受験合格、岡山市が戦火にやられさえしなければ、新子は厚生学院で敗戦を迎えるはずであった。だが、学院が焼けて入学のメドが立たないまま、新子は研究生のかたちで女学校にとどまって、工場で軍服用の布を織っていたのである。敗戦のラジオは、だから、工場の藤棚の下で聞いた。ほっとして気が抜けて、いまさら女学校へ戻る元気もなくなって、新子は家庭待機という名で吉井川のほとりの家へ戻って来ていたのだった。

（なぜ？　どうして？）

という執拗な自問自答は、地震がしずまった後の夜のしらじら明けまで新子を責めさいなんだ。

箸重ね洗う縁《えにし》をふと思う

見知らぬ婚家での生活が一日一日を刻んでいく。なすすべもなく過ぎていく。

朝、夫は食事前から店を開ける。掃いて拭いて陳列棚のガラスを磨いて。光男は海軍からもらった三千円の元手で開業した文房具の店をそれはそれは大切にしていた。

新子が商品をさわるのさえ、あまり好まないほど、きちんと並べきちんと売って、ゆくゆくは一流の文房具専門店にと志しているふうであった。

客はひっきりなしの忙しさである。特に朝の登校時は狭い店が押すな押すなになる。子供たちの黄色い声がとび交う中で、新子もわれを忘れる忙しさ。新子は朝市のようなこの時間が一日で一番楽しかった。

「おっちゃん、ノートちょうだい」「おねえちゃん、十二色のクレヨン」

光男と新子は九歳の年のひらきがある。子供たちは正直にそれを見分けて、新子になついた。

朝の台所は姑のシヅが主役である。男三人を仕事に送り出し、小さい三人を学校へ送り出す喧騒の台所には、新子の入りこむすきなどありはしなかった。シヅは高下駄に尻はしょりでテキパキと黙々とそれを捌《さば》いた。青白い顔に女にしては高すぎる鼻がシヅをつめたい女に見せてはいたが、四十八歳の髪はまだくろぐろと、シヅはこの家の女あるじの艶と貫禄を十分に持っていた。

店も台所もひと騒動のあとが、新子夫婦の朝食だった。

ある朝、夫婦で食べているところへシヅが土間から声をかけた。

「あんたらソレは何やね？」

静かな声だったので新子はびくりともせず笑いながら答えた。

「ああコレですか、塩こんぶです。きのうこの人が買ってきたんです。お姑さんも一口いかが？」

そのまま箸を運んでいたのだが、シヅがまだそこにいるので目をあげて、こんどはおどろいた。シヅの青白い顔のくちびるがピクピクけいれんしている。

「光男、ようもようも二人だけでこそこそしてくれますわな。よろし。それほどうちの食事が気に入らんのやったら、今日から別所帯にしなはれ！」

高下駄の音が裏へ消えて、夫婦は箸をくわえたままの顔を見合わせるばかりだった。

新子は内心うれしかった。

その日のうちに玩具のような片手鍋と七輪と茶碗二個と皿四枚を買いととのえた。

「醤油さしと、塩と砂糖と。そうや箸を忘れたら食べられへんがな」

光男もどこか弾んで、ヤミ市から次々と買ってきてくれるのだった。

裏の柿の木の下で炭をおこす。赤くなった七輪を二階へ運ぶと、まず飯盒《はんごう》を火にかける。一合の米が飯になるいい匂い。一枚の油揚を二つに切って、じゅっと醤油のしみる音。

新子は初めて新婚のよろこびを味わった。

階段にポイと手紙が置いてあり

「ひるから少し時間もらっていいですか」

「ええよ、今日は土曜日やから。また店が混んできたら呼ぶから」

「ありがとう」

新子は子供のころから何でもかんでも書くことが好きだった。本も好きな娘だった。持ってきた柳行李《ごうり》の一つは衣料、三つは本、残る一つは手紙の束。その手紙の行李をあけてみる。

桃色や水色はともだちの手紙。そのいちばん下にうす茶の封筒の束がかくされている。その人のところへ新子は嫁ぎたかった、女学校の音楽教師の手紙である。

わさわさわさと紙の音さえなつかしい。

「君がはたちになるまで待つよ。今日は十七歳の誕生日だね、君はまだ少女だから、そうだ大きなゴムマリを贈るよ。元気で、いろいろ花嫁修業して、ぼくのいい嫁さんになってください」

それがさいごの手紙になった。

（私が返事を出さなくなって、私がよそへ嫁入りすることを知って、先生も結婚したと人づてに聞いたけれど）

どうしておいでだろうかと、新子はふっと遠い目になる。

嫁いでからも、ともだちの手紙は毎日のように届いた。手紙などに何の関心もなく、光男はいつも階段の三段目にポイと置くのが癖だった。それがどれほどありがたいことか。ともだちの手紙は新子にとってオアシスだった。そうしてその中には「音楽の先生の消息」を伝えてくれる手紙もまじっていたのである。

おヨメなんてまっぴらですわ　ヘイマンボ

店へ来る子供たちの「おっちゃん」「おねえちゃん」がよほど気になったとみえて、夫がパーマネントをかけろと言ったのは、早い春が城のお濠のネコヤナギの芽をふくらませ、ほんのときたまだが裏の林からウグイスの幼い啼き声がきこえる、そんな日のことであった。

姑に教えられた小路を曲がり曲がった奥にその店はあった。

赤い腰巻の背中に赤児をくくりつけたおばさんが「チドリ」パーマの先生だという。蛸足《たこあし》の電気コードに頭を金しばりにされて、しばらくすると、じりじりじりじり髪の焦げる匂いがする。

（わあ、たいへんだあ）

と思ったけれどももう手おくれだ。

「あんたが山谷はんのおヨメはんかいな」

おばさんは赤児をゆすりながら新子の髪を洗ってくれる。その湯はさっきまで隅のだるまストーブにかかっていた薬罐《やかん》の湯である。番茶が染みている黄色い湯が新子の頭にざあーっとかけられて一丁あがり。

顔がゆらゆらゆがむ鏡に写してみる。まるで別人の新子だわ！　髪はインド人もびっくりのチリチリ。長い黒髪はむざんにも切られて足許にちらばっている。

でも、新子はさっぱりした。これで過去と別れられるかもしれない。これで山谷の家の嫁になれるかもしれない。

そう思う反面で新子はふしぎな心の高揚をもてあましていた。

（わたし、おヨメなんてまっぴらだわ。これからはいじけないで生きていこう）

チドリパーマ店から出ると、新子はスキップで帰路につくのだった。

散る前の花にも似たる憤り

パーマネントは、実際に新子を甦らせたようだった。

夕方になると近所の人と連れ立って銭湯へ行く。その中にトキという名の姑のともだちがいて、これが典型的な近所姑。銭湯へ行くのは新子の裸体をこくめいに調べる楽しみのためかとさえ思われた。

「新子ちゃん、新婚サンはよかろがの。ややこもそろそろやないのんけ？」

トキはいやがる新子の背中を流しながらなおも言いつのる。

「でもなあ、こうギスギスしてたら当分だめかもしれんで。なあおシヅはん、はよう孫がほしいやろ。なに、ほしいないてか。あんたがまだ産むてか、アハハハハ……」
新子はそんな近所姑にも、毅然と顔をあげて見返すだけの気力を取り戻しつつあった。

出産

新子がからだの変調に気づいたのは三月も末のことだった。

おヨメなんてまっぴらですわ、と気負い立ってみたり、初恋の人の手紙に涙する乙女の感傷にひたってみたり、そんな揺れのはげしい新子に神は罰を与え給うのであろうか。

(わたしが母になる……)

医院の門を出た新子の足はなかなか夫の待つ家の方へ向かなかった。

城の桜は大きくふくらみ、息を吸いこむとおいしい春の香りがした。

(母になる。母親になる。わたしの赤ちゃんが生まれてくる……)

石のベンチに腰かけると、新子の手提袋をねらって鳩が寄ってくる。

「あんたがおとうさんね、そしておまえがおかあさんなの」

手をさしのべると鳩が羽音も荒々しく飛び立つ、その空には不動の城が聳えていた。

城よ、白鷺の城よ。あなたに嫁ぎはしたけれど、私は子を産むことまでは考えていなかった。

愚かな娘が母になります。私は十八歳のうちに母になってしまいます。それでもいいのでしょうか。私の小さな赤ちゃんは祝福されて生まれてくるのでしょうか。

——新子は日の昏《く》れるまで石のベンチを動くことができなかった。

柚子しぼる女の生命《いのち》ふと感じ

緑の丘の赤い屋根……

鐘が鳴ります　きんこんかん……

菊田一夫作の連続放送劇『鐘の鳴る丘』が始まったのは七月からだった。まだ明るい五時十五分からの鐘の音を、新子はようやく悪阻《つわり》のおさまった身にじんじんと聴くのだった。

あれは三月の中ごろのことだった。岡山厚生学院が再建されて四月入学の通知が来たと父の手紙にあったのは——。

(学校へ行きたい!)

新子は父からの手紙を握りしめて部屋を歩きまわった。動物園の獣のように壁につき当たっては頭髪をかきむしって考えた。

そうして決めた子産みである。

出産予定日は十二月二十日。その日に新子は母になる。この家の子を産むのである。

九月、新涼の風が店から裏へ吹き抜ける細い土間で、新子ははっきりと胎《はら》の子が動くのを感じた。ぴく、ぴくぴくと、八月からその兆しはあったのだが、こんなにぐぐりと動くのは初めてであった。さらし木綿の腹帯の下はいちめんの汗疹《あせも》である。新子はそのかゆみも忘れて土間の風の中に立ちつくした。

(何と愛しい。私の子が生きて動いている)

新子はいのちをみつめていた。

三月に堕胎していたとしたら、この喜びはなかった。学校を出て無医村へ行くことの意義と、ひとりの子を産む意義。新子は後者を選んだのである。これでいい。人の子の親になる現実を新子は素直に享受しようと思う。

子育ての中でどのような嵐が吹こうともこの子だけは育ててみせる——九月の土間で感じた胎動は新子にとって生まれて初めての強い自覚であった。

　天の窓ひらいて薔薇の雪はふる

新子の陣痛は十二月二十四日、クリスマスイブの夕方から始まった。煌々と灯を殖やした二階には、駆けつけた産婆と姑のシヅが新子を見守っていた。

「よう冷えますのう、このぶんだと雪になるかも知れまへんなあ」

「ほんになあ。若奥さん痛みはどうですか。いやいや起きんでよろし。暖こうして、ゆっくりと眠ったらよろし」

産婆は火鉢であたためた手をまたしても新子の下腹部へ当てると、

「お産はあしたになりますかなあ」

と、誰にともなくつぶやいた。

まどろんでは痛みに覚めて、新子はうつらうつらと夢を見ていた。母が来ている。父もいる。まだ子に恵まれぬ姉がふしぎそうに枕もとにすわっている。

「おかあさん……」

寝返ったとたんに激しい痛みが来た。

「おかあさん！」

こんどは声に出たらしくて、姑があわてて新子の額の汗をぬぐった。

「岡山のおかあはんに来てほしいのかの？」

新子は強くかぶりを振った。

「そうともな、あんたは山谷の子を産むんやけえ、ここがあんたの家やけえ、甘えたらあかんでな。甘えたら子など産めまへん。うちなんかみなはれ、七人の子をたった一人で産んだわな。こたつにしがみついたり、夏は上がり框《がまち》の柱にわが身をしばりつけて産みましたえ」

ふたたび激痛が襲ってきて、新子は呻いた。

「こりゃあ、今夜のことになる。それももうじきでっせ！」

産婆は這うようにして階段のおどり場へ行くと下へ向かってどなるのだった。

「ご主人はん、湯や湯や！　急いでおくれやっしゃ！」

新子はこれからわが身におこることを、姑にだけは見られたくないと思った。

「お姑さん、下へ降りてつかあせえ」

姑の顔にただならぬ色が走った。

「何を言うんや。うちがここにおらんでどうする。さあ、うちの手を握りなはれ！」

「いやッ」

姑はやにわに用意していた生卵を新子の口へ流し込んだ。新子はむせて、したたかに嘔吐した。

「いやッ、いやッ、お姑さんはあっちへ行って！」

新子はもう無我夢中だった。割れるような痛みが間断なく襲う。目をつぶると目の中に火花が散り、目をあけると天井から悪魔のわらい声がする。汗が噴く。からだが裂ける。

「あっちへ行って、みんなあっちへ行ってぇ！　あっちへ、あっちへ行って！」

姑がてぬぐいを新子の口へねじ込んだ。

「声を立てなさんなと言うのがわからへんのか。このアホが！」

てぬぐいをねじ込まれて、新子は一瞬息がとまった。姑に取られた手をふりほどいて目をむいて姑の頬を打ったと思うが手ごたえはなかった。そのとたんに目の先がまっくらになって、新子は暗い中空へからだごと放り出された感じがした。

股間が火のように熱く、ぬるりとした感覚があった。すべての劇は終わったのがわかった。

「ぎゃあ」

という鋭く細い声を新子は遠いところで聴いた。そのまま昏々とどれほど眠ったのだろうか。気がつくと、綿の帽子をかぶった小さな生きものが横にいた。スースースーと、小鼻に貼られたうす紙が動いている。

何だろうかこれは。

(そうだ、私は子を産んだのだ……)

「いま何時?」

「三時やで。ようやったな新子」

その声はまぎれもなく夫の光男である。

「あんた、窓をあけて。外を見せて」

「この寒いのに。親も子も風邪ひくで」

「おねがいだから外を見せてください」

光男があけてくれた窓の外は、まだ暁の闇だった。その闇の中をちらちら白いものが舞っている。

「雪じゃ」

「そうや、ちょうど新子がお産したころから降り出したのや」

「そう」

この駘蕩《たいとう》とした安らぎはどこからやってきたのだろう。新子にとってその暁の雪はやさしい薔薇の花びらに見えた。

山谷まどか。昭和二十二年十二月二十五日午前一時五分出生。

この子の行手に幸あれと、薔薇の雪は降りやまぬのであった。

手に掬《すく》い手からこぼして吉井川

三ケ月になった小さな娘を抱いて、新子が里帰りを許されたのはちょうど桜のころであった。

吉井川の桜並木を輪タクが走る。

輪タクというのは自転車の脇に人二人がやっとすわれるていどの車輪のついた腰掛いすをつなぎ、暑い日や雨の日は幌をかけて走る乗り物である。敗戦後の失業者対策として村や町の小さな駅にたむろしていた。人力車が自転車に替わったとしても、やはり人力にちがいはなかった。

新子とまどかを乗せた輪タクのおじさんも桜の季節なのに、腰のてぬぐいで何度も汗をぬぐっていた。

「おじさん、しんどいでしょう。きのどくできのどくで、もう降りて歩きたくなるわ」

「何の。お客さんに降りられたら商売あがったりじゃけえ。わしの方を見んと、川の景色を見とってつかあせえ」

川にはまだかいつぶりが浮いたり沈んだりしていた。いつのまに生まれたのか、小さなヒナを連れているのも見える。

　吉井川はもと葦川という名を持つ川にふさわしく、両岸に葦を繁らせていた。その枯色の葦もところどころ緑を見せて、川の春はのどかであった。

「あの川の向こうに……」

　と、新子はおじさんに話しかける。

「なあおじさんも知っとんさるか？　あの川向こうに竹久夢二の生まれた家があるって」

「いや、わしはとんとそういうこと知らんがの。そりゃあ何するお人かいの」

「絵かきさんじゃ。詩も書きんさる。わたしは少女のころから夢二の絵が好きじゃけえ、ようけ集めとったんよ。絵ハガキやら栞《しおり》やらのう」

　おじさんと話していると、新子も自然に岡山弁になるのがおかしかった。

「その夢二おじさんがの、まだ若かったころに、川向こうの家から一家中で九州の方へ逃げんさったんぞな」

「ほう」

「そん時にな、一ケ月ほど夢二一家を匿《かくも》うたんが回船問屋をしとったわたしの親戚じゃ。ほれ、あの白壁の家ぞ！」

　輪タクをとめさせて指さす新子の指に、はらはらと桜の花びらが散りかかる。白いレースの帽子の中でスヤスヤとねむっているまどかの顔にも散りかかって、まどかは小さなくしゃみをしたりした。

沖田姫を祀ってある社《やしろ》を過ぎて、大松の坂をくだると新子の生家である。

みんなは一斉に走り出て小さな娘を奪いあうのだった。

「おお、おお！」

「姉さん、この子いつでもあげるよ！」

新子もはしゃいでそんなことを口走ったりした。まどかが目覚めて火がついたように泣きだした。

庭の椿が満開である。姉と過ごした雛の日が思い出される。

「姉さん、今年も飾ったの？」

「いいや、おとなばかりで今更雛祭りでもないけえの。倉から出してもらえずで雛さんもかわいそうじゃったわ」

「ほんなら今から飾ろうよ！」

「そうじゃな。まどかの初雛も祝ってやれなんだものな。そうしよう」

雛の箱が次々に運び出されて四十日おくれの雛祭りである。

内裏雛、三人官女、五人囃し、いい細工の箪笥長持ち、ママー人形、ぼんぼり。右近の橘、左近の桜。御殿のきざはしの金具もピカピカで美しい。姉は大正十五年の生まれだが、そのころ羽振りのよかった祖父が当時で最高の雛揃えをしたということであった。

箱のさいごのいちばん底から薄い紙箱が出てきた。中から紙の立雛が二枚ころがり出た。

「何な、これ」

「それが新子のおひなさまじゃが」

みんなは笑った。

長女と次女のこの差は、あたりまえのことであったのだ。それほどに跡取りは大事がられて育った。

新子も笑おうとしたが笑えなかった。この紙雛のように私はこの家から吹きとばされたのだ——。

(しかし、何がしあわせか棺桶かぶるまでわからんわい)

新子は一瞬けわしい目つきになったが、すぐに思い直した。

「早よう来んさいや」

椿の下の花茣蓙《ござ》には祖母が手作りの寿しやら白酒が飾られて、まどかを中心の雛祭りはどこまでも和《なご》やかであった。

新子は三日滞在した。

義兄が役所から戻ると、父は急に「帝銀事件」を話題にしたりするのだった。姉も母もどこやらそわそわと立ちふるまい、この義兄がまだこの家では他人扱いされていることが新子にはよくわかった。

（子を産んでさえまだ他人ですよ私も）

心の中でそう語りかけながら、新子もまた義兄に対してぎこちないあいさつしかできなかった。

「嫁入りも婿入りもたいへんじゃわな、おばあさん」

小川の流れで祖母が米をといでいる。春の小川はさらさら流れ、しゃっしゃっしゃと米とぐ音がさわやかである。

「新子か、何か言ったかの」

祖母はよっこらしょと腰を伸ばすと、洗った米を簀《す》ノ子《こ》棚へ置いた手で、新子を手招きする。

「何か用？」

祖母は前垂れで手を拭きながら、いつになく真剣な顔をしている。

「あのな新子、次がすぐ生まれたら困るじゃろ。……あのあとにの、すぐ便所へ行きんさい。それから十五分ほどすわっとくんじゃ。横になったら宿りやすいけえの、わかったの」

「うん」

まだ西にお日さまがあるのに、東からはもう月が昇って来ていた。

地獄

光男の暴力は昭和二十三年の梅雨のころから始まった。

その日、新子は井戸端で親子三人の洗濯に余念がなかった。いや、新子の頭の中はつい先日玉川上水に入水自殺した太宰のことでいっぱいになっていた。太宰の無頼な小説を好んで読んでいた新子にとって、彼の死はそれなりに納得するところがあったが、新子の関心は山崎富栄にあるのである。男とともに死ねる女がいたということ。そういう愛の姿と心が新子をとらえて離さない。「私もいつか……」の思いがある。

新子がそんな思いに取り憑かれているとき、とつぜん頭の上から怒声が降ってきた。

「自分の物ばかり洗っとらんと家中の洗濯をせんかいッ！　そのたらいはお母はんの物やぞ。御襁褓《おむつ》なんか洗うて汚ないやないか！」

新子がおどろいて見上げると、すぐ下の弟が居丈高《いたけだか》に突っ立っているのだった。

この弟の嫁取りの話で家の中はもめているふうだった。今日の八ツ当たりもおそらく親とのいさかいのとばっちりだろうと、新子はだまって御襁褓を洗いつづけていた。

「おい！　聞こえたら何とか返事をせんかい。兄貴がおとなしいと思ってつけあがっとるな。よおし、これからは俺が豚のように尻ひっぱたいてやるからそう思え。大体やな、どこの家の女中かて十人やそこらの炊事洗濯やっとるやないか！」

弟の声は次第に高くなって家中へびんびん響くが、家の中は森閑と物音一つしない。

（私はこの家の女中ではない）

新子はかたくなに口をつぐんで手だけを動かしていた。

そのときである。疾風のごとく店から走って来た影が新子の髪をつかんで引っ立てたのは。

影は渾身の力で新子を打擲《ちようちやく》した。

息もたえだえに泥を噛んだ口を拭うと手の甲に血がついた。新子はよろよろと起《た》ちあがって裏口から外へ出た。裏庭には梅の木があって、青い実に雨が降りそそいでいた。

青梅を叩き落として夫婦かな

夫の暴力はその日をきっかけに執拗にくり返されるようになった。

髪をつかんで引き据えてゲンコツで叩いたり張り手をしたり。ある日は三尺箒で撲りに撲る。

それにも倦《う》むと夫は時をかまわず食卓をひっくり返した。

一歳を過ぎたまどかは海苔巻がだい好き。幼い娘のためにやっとヤミ市で手に入れた青臭い海苔で巻いたそれに爪楊枝の旗を立ててやると、キャッキャと手を叩いて喜ぶのだった。その海苔巻の皿の上にずぶぬれの雑巾がかぶせてあるのを見たとき、新子は怖気《おぞけ》立った。

その雑巾はたちまち新子を少女時代の悪夢へと誘い込んでいく。

小学校の六年間を新子は地獄の中で過ごしたのである。

棒でなぐられ、石を投げられ、靴はかくされ、服は剝がされ。それらのいじめの中でも特につらかったのは「雑巾責め」であった。雑巾責めというのは、椅子ざぶとんの上に何枚ものぬれ雑巾を重ねてすわれないようにするいじめである。

「わーい、しんこの小便たれが小便たれた」

その囃しことばは今も新子の耳にくっきりと残っている。

悪童のいじめ方と、夫のいじめ方はあまりにもよく似ていた。

(私はなぜこんな目にあうのだろう)

新子は腹立ちよりも先に、その宿命がおそろしくもあり不思議でもあった。

小学生のころの新子は「いじめられっ子」の要素をいっぱい持った女の子だった。

小柄でかわいらしくて勉強がよく出来てピイピイすぐ泣く女の子は、悪童のいじめの的になりやすいものだが、その上に新子は小生意気と見られていたのだ。それはまず服装にあらわれていた。村の子がわらぞうりに綿入れの羽織半纏《ばんてん》の時代に、新子は赤い皮靴にフランス人形のような服を着せられていた。

なぜといえば、父と母との暮らしむきにぶつかる。

父は神戸の夜学生時代に屋敷奉公の母とねんごろになって、母は新子の姉を妊《みご》った。アルバイトの身に家もなく、父は仕方なく身重の母を伴って、吉井川のほとりへ帰って来たのであった。その足で父は神戸へUターンし、母は父の実家へ残って子を産んだ。

祖母は初めのうちこそ、母を闖入者《ちんにゅう》扱いしたが、孫も出来てみればそぞろに可愛ゆくて、やがては嫁を頼るようになっていった。

母は産褥から這い出すとすぐに、吉井川べりに店を持った。河口へ入って来る砂利採り船相手のよろず屋であった。

父の都会暮らしは、新子が学齢期になってもまだつづいていたのである。

都会で暮らす父が田舎に置いた二人の娘のために送りつづけた品の数々。それを二人の娘に着せることは母の意地であり誇りでもあったのである。「てなし子」と言わせるものか、うちにはちゃんと父親がいて、ほれ、この通り娘たちにいろいろと送ってくる。

「百姓さんのような田地田畑こそないが、うちは貧乏はしとらんけえ」

その母の意地と誇りが新子にはわかるのだった。

（かわいそうなおかあさん……）

だから新子はフランス人形になっていたのである。

フランス人形は六年間というもの一度も学校を休まず、いじめを先生にも母親にも告げることをしなかった。

傷だらけになって、校門の二宮金次郎にツバを吐いて小学校を出てから今日まで何年の歳月が流れたのだろうか。まだせいぜい六、七年にすぎぬ。

そして今また、いじめは夫の手によって再開されたのである。

この嫁入りも母の意に添うかたちであった。

(おかあさん、こんどは何が原因かのう)

新子は西の窓へ倚《よ》って母に問いかけてみる。

(お岩さんのようなこの顔、おかあさんに見せてあげたいわ。でも私はこんどもここを逃げはせんけえ、安心してつかあさい)

小学生のころに培われた男性不信は新子の中でますます強く大きく育っていた。その不信はイコール軽蔑である。

とかげの背光り夫の手が這うよ

新子は暴力に対してついぞ抗《あらが》ったことがない。悪童にも夫にもやられっぱなしの姿である。それは屈伏でもなければ尊敬でもない、ひたすらな軽蔑にちがいもなかった。それが夫の狂気をつのらせることになるとわかっていて、新子は撲《ぶ》たれながらカッと蔑視の眼をひらいていた。

嫁いで二度目の夏のことだった。

夏祭りで店の外の大通りはゆかたがけの人で賑わっていた。まどかもてんまりの柄のゆかたでシヅに抱かれてお宮さんへ出かけて行ったあとのことである。

二階から足音も荒く降りてきた光男の手には新子の日記帖が握られていた。

「これは何や」

「何やて、日記帖です」

「この中のMいうのんは誰や」

「女学校のときの先生です」

「まだおまえはつきあいしとんのか」

「いいえ」

しまった、と新子は思った。

寝物語りに光男の過去を聞かされて、「わたしだって」と、ついつい負けん気で洩らした男の名がMであった。

「もう遠くへ行ってしまった人とどうやってつきあうのですか」

「来いッ!」

新子はやにわに衿首をつかまれて、二階への階段を曳きずり上げられた。色の白いのっぺりとした男雛のような夫の、どこにこんな力がわくのかと思う腕力である。

「そこへすわれ」

新子はすわってゆかたの衿を合わせた。店を閉めたら夫婦でお宮さんへ行く約束のゆかたに乱れた髪がのたうっていた。

「帯をといたらどうや」

光男の眼がぎらぎら光り、男には珍しいほど赤いくちびるがふるえている。

「いやです」

残りの西陽が窓ガラスを染めているのがふッと新子に絵金《えきん》の絵を思わせた。

「いやか、それならこうしてやるわ」

光男は手にした裁ち鋏でいきなり新子の帯を裂きにかかった。

それからどれほどの時間が経ったのだろう。部屋の中は落花狼藉である。箪笥から出しては引き裂き引き裂く光男をただ呆然と新子は眺めていたのだった。

衣料切符のヤミ買いをしては母が手に入れてくれた着物のほとんどが鋏で切られて散らかっている。帯もずたずたにされてあちこちでとぐろを巻いている。

新子は号泣した。

全裸のまま散乱した着物の中で身をもんで泣いた。からだの中には憎い男の血がまだなまぬるく残っている。

新子はたまらず嘔吐した。

吐いても吐いてもこの屈辱と憎悪はおさまりそうにもなかった。

新子はつよくMを求めて泣きつづけた。

その夜、光男は蚊帳の中へ新子を入れてくれなかった。裏が林のこのあたりはヤブ蚊が多い。新子の顔も手足もみるみる吊鐘のようになる。月が昇ってきたようだ。

あおみどろ色の蚊帳の中では光男とまどかがねむっている。父も子もふしぎに寝息を立てない。とても静かだ。

新子はそっと蚊帳の隅を持ちあげて、まどかの横へすべり込もうとした。すると、ぴしゃりと光男の手から二尺差しが伸びてくる。

新子は観念して窓にもたれた。心身の疲れでついうとうとする。

ふと目が覚めると、月はもう西の窓へまわっていて、どこかで地虫が鳴いていた。

新子は更につよくMを求めている自分に気づいて、新しい涙をこぼした。

子をなぐる蹴るよ男は子を産まず

夫の暴力は秋にいっときおさまったかに見えたが、それは僥倖《ぎょうこう》に過ぎなかったようだ。

姫路の町に木枯しが吹きすさぶ冬がやってきた。まどかはまもなく二歳になる。おしゃまな娘はころころとよく遊んで家中に愛敬をふりまいていた。

光男もねんねこ半纏にまどかをくるんで散歩に出たり、店の仕入れに出るたびにまどかにレコードや人形を買ってもどるかわいがりようだった。

弟は嫁を取って裏の離れで所帯を持ち、幼い弟妹たちも風邪ひとつひかず、まずは穏やかなあけくれであった。

ただ、風が強く吹く日や雨の日はきまって光男の機嫌が悪かった。

その日も朝から北風のはげしい日だった。

店で遊んでいたまどかが、あやまってノートの上にインキ瓶を倒したことから光男のカン筋は青くふくれあがったのである。

まどかの火がついたような泣き声に駆けつけてみると、光男がまどかの顔を汚したノートの上にこすりつけているのであった。それはさながら猫の粗相を叱るように。

「やめてください！」

新子は夢中でまどかを抱き取った。

「たかがノートの二冊や三冊が何ですか」

「なにッ、なにがたかがや。店は俺にとってはいのちなんや。子供をちょろちょろさせるな！」

そう言いつつ、光男はさらに手をあげて小さなまどかの頬に左右びんたをくらわせたあげく、

「あっちへ行けッ」と足で蹴ってみせたのである。

新子はまどかを後ろ手にかばって言いつのった。

「あんたという人は、わが子よりも店の品物の方が大切なんですか」

「そうや、それがどうした」

「まどかを撲るのだけはやめてもらいます。撲られるのは私だけで十分です」

「そうか、それなら思い知らせてやる。こっちへ来いッ」

新子は光男の眼の中に病的な光がはしるのを見た。

台所もコンクリートの土間である。

その三和土に新子を引き据えると、光男は水道の蛇口にゴムホースをつないだ。

「そおれッ、ほらほら、つめたいか。つめたかったら逃げんかい」

ホースの先が新子の背中を這いまわる。水が首すじから入って帯の下までぐっしょりだ。髪のひとすじひとすじが蛇になって顔に貼りつく。つめたさはもう通り越していた。

新子は三和土に手をついたまま、みじろぎもしなかった。

(もっと狂うがいい。狂えば狂うほど私はあなたを軽蔑してやる)

(さあ、さいごだからしっかり私をいじめなさい。さよならのときが来たわ)

追いつめられた私へ踏切が上がる

新子は乾いたセーターに着がえると家を出た。懐中一文もないが何とかなるだろう。

いちばんの気がかりはまどかだったが、姑のシヅがどこかへ連れて行ったらしくて、戻ってこない。

(まどかは連れないほうがいいかもしれない。あの子は山谷の子だもの。それに夜通し歩くか

もしれない家出に幼い子は耐えられないだろう）

新子は一人で駅へ向かって歩き出した。

今まで、どれほどの暴力をふるっても家を出ようとしない新子に光男はたかをくくっていた。誰も追ってくる気配はない。

新子は城公園のあたりから歩をゆるめた。

駅に近づくにつれて、ヤミ市の灯が賑やかになる。うどんの匂いがする、ぶたまんの匂いがする、めし屋の前には長い行列ができていた。新子は空腹にめまいがしそうだった。

「質　ひち」とある看板が目についた。ふらふらと入って、ドンゴロスのオーバーコートを脱ぐと二枚の紙幣を握って逃げるように外へ出た。

さてどこへ行こうか。

寒い、とにかく寒い。

新子は駅前の屋台へ首を突っ込んで一杯のうどんを夢中で食べた。

駅で切符を買うとバラ銭が手に残った。

岡山へ。吉井川のあの家へ。

今はもう吉井川しか新子の帰るところはなかった。

とっぷりと日が暮れた中を汽車は走る。

夜汽車の窓に顔を貼りつけて、新子はせつないまでにまどかのことを思った。まだ幼い娘はそろそろおねむの時間だ。泣いてシヅを困らせているまどかの顔が目に浮かぶ。

（やっぱり連れてくればよかった）

窓外にはぽつぽつと農家の灯が飛んで、汽車はどうやら吉井川の鉄橋にさしかかったようである。

新子が今会いたいのは父でも母でもなく、遠い日の初恋の人であった。その人は遠い信濃にいるという風のたよりであった。

再会

光男が家族との別居を条件に新子を迎えに来たとき、新子もまた幼いまどか恋しさに狂いそうなあけくれであった。

実家の者たちは「ならぬ」と言い張り、幼い娘のまどかは新子の姉夫婦が引き取ることで一挙に離婚を押し進める気配であった。

双方が言い争っていてはどうにもならない。「ではひとつ、姫路の山谷家で話し合おう」と仲人の提案で一同は急に姫路へと行くことになったのである。

山谷側からは両親と弟、新子側は父が付き添っての車座の中、しばらく離れているうちに姑の背中にかくれようとするまどかを新子はさびしい気持ちで眺めていた。

話はもつれにもつれた。

おとなの話の輪の中にじっと黙ったままのまどか。まだ二歳とちょっとの幼さで話がわかろうはずがないのに、まどかはこの場を離れようとしない。剃刀《かみそり》の薄刃ですッと切ったようなひと皮目が新子にそっくり、その目をみひらいて父を見、母を見る。不安そうな目にうっすらと涙が浮いている。新子はたまりかねてさけんだ。

「まどか！」

おかあちゃんを忘れたのかと言おうとしたとき、まどかは弾かれたように新子の胸にとび込んできた。

「おかあちゃーん」

子の父で母で限界線に立つ

泣きじゃくるやわらかいからだを抱きしめて新子は慟哭《どうこく》した。

光男が五万円で買ったという引揚げ者住宅は、城公園の南にマッチ箱のようにひしめき合っていた。新子はしかし物珍しくうれしかった。大勢の家族からやっと解放されるのである。新子の柳行李五つと光男の当座の物をトランクに詰めて運び込むと、もう親子三人の夜具さえ敷けぬ狭さ。簞笥や鏡台は山谷家に預ってもらうことにした。

歩けば畳が波打ち、ベニヤ板一枚が仕切りの隣家の息遣いまで聞こえてくる。水道も便所も共同で、雨の日は蛆虫が裏口から侵入して来た。近所姑どころか近所泥棒は日常茶飯事で、新子の物干竿は格好の獲物になった。それでもみんな明るくて、新子もまどかも笑うことが多くなった。

朝、洗濯物を干すと、南京錠を板戸におろして新子は店の手伝いに出掛けて行く。まどかにはまだ無理な道のりなので乳母車を押して行く。乳母車の中には親子三人の弁当箱も積んである。お新香の匂いがする。

「一つ、二つ、三つ、みんなおムギ?」

あどけないまどかの問いに新子は笑う。

「そうよ、おムギの弁当おいちいね」

道は城に添う広い広い大通り。市役所も税務署も労働会館も保健所も国立病院も学校もある大通り。樟の並木がつづく美しい道である。母と子は秋の光をいっぱいに受けてきらきらとしあわせであった。

しかし、物干竿から毎日毎日めぼしい物が盗まれる。毛布などは干して五分と経たぬまにごっそりとやられてしまうこの町は、あまりにもひどすぎた。まどかが悪童のことばづかいをそのまま真似るのも頭痛の種だった。

夫婦は半年でこの楽園を去ることにした。

こんどは姫路で第一号の県営鉄筋住宅である。

世の中は朝鮮戦争の物騒な噂が飛び交い、日本もまだまだ戦後の混乱期にあったが、新子の柳行李には『チャタレイ夫人の恋人』が大切に蔵《しま》われてあった。

戦争はもうまっぴら。人々は何とかして戦争を忘れようとし、県営アパートの窓にも花を飾る家が多かった。引越して来てすぐ、新子が植えた朝顔の苗もぐんぐん伸びて小さな花をつけはじめていた。

しゃくり泣く男を足の下に見る

そんな朝のことであった。

そろそろ店へ出かけようと思って光男の弁当を作っていた背中で玄関のブザーが鳴った。

「はーい」

新子はエプロンで手を拭きながらドアを開けた。商家に馴れた新子は光男になんべん注意されても、よく確かめもせずにドアを開けてしまうのである。

「わッ」

押し込むように倒れ込んだ男を見て、新子は思わず後ずさりした。

男はMだった。

あれほど恋い焦がれ、光男にかくれて文通していた初恋の人、女学校時代の音楽教師の三浦良彦だった。

三浦先生ががっくりと膝を折っている。髪はぼさぼさ、髭は伸び放題の端正な顔に目ばかり光っている。黄ばんだシャツから男の汗の饐《す》えた匂いが立ちのぼる。

新子は声も出ぬまま三浦を見おろして突っ立っていた。

「知ってるわ」

新子はつめたい声で言い放った。

「だからどうしたっていうんですか」

三浦はまた声を高めて泣き入った。

男が泣いている。こんなにもよよと泣く男を新子はもてあつかいかねていた。

「自殺をはかったんだ……霧ヶ峰で」

自殺、ということばが新子の理性を失わせていく。三浦はよれよれのズック鞄から茶封筒を出してみせた。新子の住所と名前が書いてある。

「遺書だよ」

三浦はやっと泣きやんであぐらをかいた。まどかが新子の背に貼りついて、この、よその男を珍しそうに見ていた。

「人生ってうまくいかないときは死ぬことさえ失敗するんだな。通りがかりの土地の人に助けられて、このザマさ」

新子は窓を閉めに立った。

通り抜けていた八月の風がはたとやんで部屋の中に男の匂いがこもるようだった。

何もかもが芝居じみている。

「それで、先生はこれからどうなさるんですか」

「死ぬしかないよ。君がもしも不幸な毎日なら……、ねえ、一緒に死んでくれないか」

芝居じみていると思う一方で、胸のどこかが錐《きり》をもまれるように痛む。ズキンズキンとこめかみが音をたてる。

かつて恋した、このバカな男と、いっそ死んでしまおうか。

韋駄天《いだてん》や男ごときを振りきるに

たぎるように汗が噴き出る。

五合の米と、ありったけの金を握らせて三浦を押し出した鉄製のドアにもたれて、新子は放心の汗にまみれていた。

三浦はまどかのつぶらな目を盗んで素早く新子の唇を吸うと耳もとで囁いたのだ。

「ね、駅で待ってるよ。一時間待つ。一時間待って君が来ないときは汽車に乗るよ」

「どこへ……」

「死にに行くのさ」

新子はドアになんべんも頭をぶつけては髪をかきむしった。母の異常な姿にまどかがわっと泣き出す。その声さえわずらわしくて新子はなおもドアに頭を叩きつけるのだった。

「なあ、まどかは岡山のおばあちゃんの子になるよね、かわいがってもらってね」

母も泣き子も泣き、泣きじゃくるまどかを抱きしめて、新子はどうしてよいのかわからない。

風鈴が窓の外で鳴りしきっている。

そうして新子はふたたび幼いまどかに負けたのだった。

みごもりの予感の深きみどりいろ

新子は自転車の前にくくりつけてある子供用の腰かけにまどかを積んで国道へ出た。

右へ行けば駅。

左へ行けば店。

新子はハンドルを左へ切った。

「おとうさん」

店へ入るなり新子は泣き伏した。

「おとうさんあの人を助けてください。放っといたら死んでしまう……」

「どないしたのや。何があったのや」

新子は一部始終を話した。

そんなつもりはさらさらなかったのに、三浦を助けてほしい一心で夢中だった。

話し終わって光男のこぶしがぶるぶる震えていることに初めて気がついたとき、新子のからだは吹っとんでいた。

店のガラス戸が派手な音を立て、頭からぬるいものが流れてくる。手でぬぐうとしたたかな血の色だった。

起き上がろうとする新子をこんどは足蹴にした光男は、それでも足りずに新子の髪をつかんで振りまわした。

新子は目が覚めた。何ということを光男に告げたのだろうか。光男の怒りはしごく当然のことであった。新子は土間に手をついた。

「すみませんでした」

「すみませんですむことか。亭主の留守に男を引っぱり込んでおまえは何をしたのや！　しかもぬけぬけと助けてくれやて！　ふん、他人が生きようが死のうが知ったことかい」

光男のとがった肩が大きく息をついている。目は血走って、今にもとび出しそうに見えた。

「すみませんでした。岡山へ帰ります」

新子は三輪車で戻ってきたまどかを横抱きにすると、樟並木を駅へ向かって走り出した。

駅へ着いて、プラットホームを端から端まで獣のように歩きながら、目は居るはずもない三浦を捜し求めている。

（こんなふうだから、バカな男に従《つ》いていけばよかったのだ。私ってこんな女だから……）

新子はうすうす笑えてくる。

鈴のついた小銭入れから駅売りのアンパンを買った。汗によごれた顔でパンにかじりついているまどかはしんそこかわいそう。こんな母の子に生まれたおまえがかわいそう。

その夜は駅で夜を明かした。

明け方、新子は駅のベンチに嘔吐した。

身に覚えがあった。

光男を激怒させてばかりの悪い妻は二人目の子を妊《みごも》っていたのである。

年が明けて春が来て、花が咲いて花が散るころ、新子は男の子を産んだ。

去年の夏の日､駅の保安の人の取りなしで家へ戻った新子に､思いもかけず光男はやさしかった。

「こんどは男の子かもしれんな」

そのねがい通りに男の子が授かって、光男はいよいよ機嫌がよかった。

あの「夏の日の出来事」は夫婦の間ではもう遠い悪夢として忘れ去られたかに見えた。三浦もあれっきり、死んだのか生きたのか一通のたよりも寄越さない。

葉ざくらの候のけだるい産褥から新子はなかなか起き出せないでいた。微熱がとれない。

アパートの白い天井に目をひらいていて、新子はゆえもなき涙をながす日が多かった。それは産後の血の揺らぎであるのかもしれないけれど、三浦の生死をたしかめたいという思いが日増しにつのるのをどうしようもない。新子はそんな自分に腹を立てながら涙をながしつづけていた。

陽と名付けた男の子の百日祝《ももかいわい》を迎えたころ、新子はやっと床上げをした。

三浦と別れて一年の朝顔がなにごともなかったように風にそよいでいた。

「おとうさん、まどかを連れに行っていいですか。陽も見せてやりたいし」

岡山の里に預けたままの娘ともう四ケ月も会っていなかった。

「そうやな、おまえも少し養生してきたらええよ」

「ありがとう、おとうさん」

新子は岡山駅で里の母に陽を渡すとその足で山陰行の汽車に乗り換えた。

母には恩人の葬式に行くと嘘をついた。

汽車が三浦の故郷へ近づいてゆく。この汽車の中におそらく新子にまさる悪女は乗っていないだろう。風景は目に入らず、ただ車窓から入る青い風ばかりが新子の頬を打ってはうしろへ流れていった。

良心がきりきり痛む。それに打ち克つように新子は三浦の死をねがっていた。三浦のまだ新しい墓標にぬかずく自分の姿は、とても新子を安心させるものだったのである。

松江という名の駅に着いたのは夕方だった。

電話には思った通り三浦の声が出た。

「生きていらしたのですね」

タクシーが走り出してから新子は喉にからむ声をかけた。

三浦は座席に深く身を沈めたまま、ウンと小さくうなずいた。その顔に帽子をのせている。

外はもう昏れきっているというのに。

「私との相乗り、先生は恥ずかしいですか」

「何しろ小さな町だからね、噂がこわいよ」

これが一緒に死のうとまで言った男の真意であった。

新子は笑いがとまらなかった。

噂を気にする男とうどん屋で別れて最終列車に乗った。

新子は一刻も早く家に帰って二人の子を抱きたかった。

句会

昭和二十九年、まどかは六歳、陽は三歳になっていた。

戦争は日を追うて忘れられようとしていたけれど、三月の第五福竜丸のビキニ被曝事件をきっかけに、街には原水爆禁止運動の旗がなびき、「原爆許すまじ」の歌声がこだましていた。

「水爆はヒロシマの原爆よりも数百倍もこわいそうや」

「魚は食べられへんな」

「野菜も危ないそうやで」

市場籠を提げた人々は肩よせ合ってささやき合っていた。

「まどか、雨に濡れんようにしいや。陽のことも気をつけてやってね」

新子はいそがしく店で働きながら子供たちに声をかける。

「うん、頭の毛が抜けてしまうもんね」

まどかは姉らしく眉根を寄せて言い、弟の三輪車を追っかけて行く。

「大きくなったものね……」

新子はそうつぶやくと昼食の用意に裏の畑へ出て行った。

城の外濠につながる小さな畑には、姑のシヅが丹精した野菜や花が咲き乱れている。菜の花にまじった紫色の大根の花が美しい。葱は伸びすぎてそろそろ坊主になりかけているが、その横のほうれん草は食べごろの赤い根をみせている。

「お姑さん、ほうれん草をもらっていいですか。おいしそうやわ」

「ああ、なんぼでも摘みなはれ」

光男と新子とまどかと陽の四人は去年の暮に山谷の家へ戻っていた。

弟たちはそれぞれに家を持ち、三年前に高校生の妹を死なせて、シヅはずいぶんと弱気になっていた。

新子は深呼吸をする。うーんと背をのばす。

「ああいいきもち！」

かすみの空のその奥にはどこまでも青い空があった。

新子は菜の花の風の中で、このごろの平穏に感謝していた。

姑にも心から甘えることができる。

「お姑さん、ひるから来ますけん、靴下のつづきの編み方を教えてくださいね」

すこし大きな声をかけると、畑の横にある離れの障子が開いてシヅがメガネ越しに笑って答える。

「ええよ。あんたは読み書きだけのおなごかと思うてたに、教えればお針も編み物ものみこみが早うて楽しみやわ」

「アハハハ、ありがとうお姑さん」

運命が変わるぽっかりお月様

「お姑さん、わたしな、川柳というのを始めたんです」

竹の編棒で、靴下のかかとの目を拾いながら新子が言う。

「へえ、せんりゅうって何ですかいの」

「あのね、世の中の事、自分の思うてること、何でもええから五・七・五にするんです」

「ふーん、五と七と五でっか？」

「そうよ。お姑さんもやりませんか」

姑のシヅは、他家の仕立物を膝からすべらせると、赤い絹糸を指ではじいて、針の先から髪の毛をくぐらせる。めっきり白髪がふえて、新子が嫁いで来た日の黒髪はもうすっかり失われている。姑も苦労したのだなと、新子は姑にやさしい目を当てていた。

「うちなんか何が出来ますかいの。そやけどあんたは賢いおなごやさかい何でもやれますわな。ほんでどんなの作ったんかいの」

ふふッと新子は笑った。

「まだ新米ですけえ、下手ですけどね、たとえばこんなのです。竹光に斬られて母は死んでやり」

シヅは針の手を止めて、遠くへ目を遊ばせながら考えているようだ。

「どういうことかいの、その竹光てのは」

「竹を削って作った刀。ほら、陽がおじいちゃんに作ってもらってチャンバラの真似をしてるでしょうが。あのことよ」

「へえ、へえ。それで死ぬのかいの？」

「つまりね、陽が竹の刀で斬りかかってくるのに誰も死んでやらないとおもしろくも何ともないでしょ、それで母、つまりわたしがね、『やられたぁ、無念じゃ……』て死んだふりをしてやるわけですよ。そしたら陽がキャッキャと喜んでねえ。まあその情景を川柳にしたんです。母親の愛情ってとこかな」

「なるほどなあ。ほかにはどんなのがあるんかいの」

「川があり花火は倍の美しさ」

「へえ、こりゃあその通りですの」

「お遊戯が輪になるピアノ鳴りつづけ」

「オホホ、わかった、わかった。それは、まどかの幼稚園のことでっしゃろ」

「はい。やあうれし。お姑さんに笑うてもらえた」

雑音のラジオと起きていた夫

昭和三十年の春から、新子は誘われて句会へ出るようになった。句会はハトヤという喫茶店の三階が会場だった。初めての夜、新子は二階から三階への階段で足がぶるぶる震えた。胸が早鐘を打つのである。

去年までは、地元の神戸新聞を見て、おもしろ半分に投句を重ねてきただけのことだった。新子は嫁入りに広告紙を綴じたノートをたくさんに持って来ていた。詩や作文や日記やらと分けて、毎日、店を閉めると机に向かっていた新子だが、もっとも熱心につづけていたのは短歌だった。それが、あれは嫁入りして一年ほど経ったころのこと、とつぜんに短歌の先生から破門されたのである。先生は、「酒のわざにあらず素面の暴力に死ねとや死ねと雄叫ぶわれは」という新子の歌を例に引いて、わしももう年だし、こういう激しい歌を見るのには正直疲れた——と言ってこられたのである。

それでも新子は歌を書くことをやめなかったが、陽が三歳になって乳を離したころから、ふっと、川柳の五・七・五の軽やかさに心惹かれることが多くなっていったのである。神戸新聞に七、八回も活字になったころだろうか、選者の椙元《すぎもと》紋太氏から姫路のグループへ紹介があったとのことであった。

それにしてもたかが句会へ出るというだけでこんなに震えるなんて。新子は自分の人見知りのはげしさにあきれるほどであった。

「いらっしゃい、ようこそ」

頭から声をかけられて、いっそう目もくらむ恥ずかしさである。

その人は西本孝という幹事だと名乗り、新子を空いた椅子に座らせると、皆に紹介してから、句箋《くせん》の書き方、呼名の仕方など手を取るように教えてくれるのであった。

黒板に「兼題」「席題」などとある。その題によって三句ずつ作って無記名で集句箱に入れる。しめ切り時間がくると、その箱を選者の前へ持っていく。選者というのはこのグループの中でも先輩格か、あるいは師匠格の人であるらしい。

選が行われているまに、新子はおそるおそるまわりを見渡す。

会社帰りらしい人、魚屋さんタイプの人、大店《おおだな》の主人風の人、郵便局の匂いのする人、鉄道員だろうなと思う人、ご隠居さん、いろいろな人がざっと三十人ぐらいいる。

女性はまことに少ない。新子を加えて三人。あとの二人は、ベテラン主婦と、デパートの店員さんだと西本が耳打ちしてくれた。

句が発表されることを披講《ひこう》という。

披講の前に新子は立ってあいさつをすることになった。

「山谷新子と申します。どうぞよろしくおねがいいたします」

パチパチパチと一斉の拍手の中で、新子は赤くなっていた。

「ぼくは片岡一彦です。新子さんは独身ですか」

とつぜん質問されて、新子はいよいよ赤面した。郵便局君である。

「いいえ、子供が二人おります」

へーえ……というざわめきが会場に流れた。

「いや、そういう戸籍調べはやめて下さい」

幹事の西本のジョークにどっと笑って、いよいよ披講が始まった。

遠いひと思い出させる雲の色
「新子」

倖《しあわ》せを言われ言訳せずにおき
「新子」

イヤリングずっと子のない姉であり
「新子」

おさな妻きょうも赤緒の下駄を履き
「新子」

思いもかけず四句も入選して、新子は頬が火照《ほて》った。うれしさに涙ぐむ思いだった。

句会が終わると、三々五々街の灯へ連れ立っていく。

新子も西本にコーヒーを誘われたが、一刻も早く帰りたくて、バス停まで走った。

バス停の木の芽の匂いが、新子の心に満ちてくる。花冷えの夜風が快く髪をくすぐる。

バスの中でも新子は夢を見ているようだった。

（こんな世界があったのだ）

十七歳で嫁いで八年。幼いころから物を書くのが好きだった新子のノートは、詩や短歌や小説らしきもので埋まってはいたが、こういう外の世界は知らなかった。新子はいつも一人で書いて愉しんでいたのに過ぎなかった。

足音をしのばせたのに裏の木戸がギイーと鳴った。まだ九時を少しまわったところだが、朝の早い商家が多いこの辺りはしんと寝静まっている。

二階への階段は爪先立って音をころしたが、夫の部屋からはラジオの音が洩れてくる。

「ただいま」

夫は「うん」と答えたきり、ラジオに聴き入っているふりをしている。

子供部屋の陽のほっぺに涙の筋があるのが気になったが、新子はだまって夫の側へ身を横たえた。まだ火照っている昂りを夫に話したかったけれど、ガーガーというラジオの雑音が新子の口を閉ざしてしまった。

新子が外から持ち帰った匂いに興味はありながら、あえて聞きたくないそぶりの光男に対して、新子はそれをほぐそうともしなかった。

光男が手を伸ばしてきたとき、新子はかなりきつくその手を払った。結婚してから初めての遠い山の音が聴こえる。

姫路へ嫁ぐと決めた年の夏の終わりに、一度だけこの男に抱かれた山のせせらぎが急に音を高めてくる。さよならを言うための旅の一夜を、三浦は新子を抱きしめて離さなかった。――あのとき、身も心も奪ってはくれず、骨も砕けよと不器用に抱きしめるばかりだったこの男の真意はどこにあったのだろう。

教え子と教師という垣をついに越えてはくれなかった三浦。

でも、新子は三浦のくちびるを覚えている。

「おかあちゃんどうしたん？」

スカートにまつわりつくまどかの声に新子はわれに返った。

水を飲ませ、顔を洗わせ、ありあわせのパンを食べさせると、新子はあらためて三浦の顔をまじまじと見た。

「見ないでくれよ……」

三浦は呻くように言うと、とつぜん畳に額をすりつけて泣き出した。

泣きながらの話によると、三浦は新子をあきらめた後すぐに結婚して一女をもうけた。ところがその子が小児麻痺にかかったころから夫婦仲が悪くなって離婚したのだという。加えて重度の肺結核で肺葉切除をしたため声が出なくなった。これでは音楽教師もままならずと上京してレコード会社に入ったのだそうな。故郷に幼い子と母親を残して――。

ことだった。

ここは何処の細道だろか子も連れず

西本が中心のグループの人といっしょに新子は遠出もするようになった。遠出といっても明石か神戸。まれに大阪や岡山へ足を伸ばすことがあっても、ぜんぶ日帰りの句会であった。

新子は子連れで句会へ出るのを好まなかった。子を連れぬ新子は二十代の女である。

川柳を始めて一年も経つころには、付け文やら恋文やらが舞い込んできた。ほのぼのとした華やぎをただよわせながら、新子は水を得た魚のように暮らしはじめた。

ある日、西本が須磨海岸へ行ってみようと言う。新子は光男に初めて嘘をついて家を出た。

須磨の浦は海水浴客で賑わっていた。

西本はいつもの軽口も言わず、煙草ばかりふかしている。西本の形のよいくちびるが煙草をくわえているのにふっと心惹かれるものがあった。

「新子さん」

と、西本が煙草をもみ消して言った。

「こんど二人で旅行しようや」

「どこへ行くのですか」

「下津井や。ひなびた漁港でね。ぼくの知った宿屋がある」

「考えとくわ」

悪びれず答えて、新子は遠い目になる。

十七歳で嫁いでもう十年近く経つけれど、光男と旅をしたことなどついぞなかった。今、新子を誘っているのはよその男である。よその男はどういうふうに女を口説き、どう扱うのだろうかという興味があった。その興味を満たすだけなら、西本は格好の男に思えた。

新子はそんなことを思う自分が、すでにして「川柳の目」で相手を見ていることにまだ気づいてはいなかったようである。

西本と岡山県の下津井港へ行ったのは、穂芒《ほすすき》に風のつめたい晩秋の一日だった。

「あした運動会やから早く帰ってね」

と、何度も念を押したまどかの声が背中にひっかかっていた。

下津井港には大小さまざまの漁船がもやっていて、その船からこぼれた油が港のゴミを虹色に光らせていた。ツンと鼻をつく油の匂いがなつかしい。新子の育った吉井川の河口にもこれとおなじ匂いがあった。

あの河口も秋の中、よしきりが鳴いているだろうなと思う。

沖には強い風があるらしく、白波が立ち、その更に沖は暗くけぶって、あすは雨になるかもしれない。まどかの運動会のことがまたしても頭をよぎる。

宿は港の小路を折れて曲がった突き当たりにあった。しもた屋風の軒が低く、ガラス格子の玄関に貧弱な懸崖《けんがい》の黄菊が置いてある。

女中が茶を置いて出て行くと、それまで窓に倚っていた西本がくるりと振り向いた。

「ちゃんと持って来たよ」

小さな箱が西本の手からはなれて、西陽の畳にころがった。

「何ですか、これは」

箱を拾おうとした手を西本に掴まれた。

「子供、産みたくないのやろ」

そう言いながら西本の顔がかぶさってくる。

「来ないで！」

新子は部屋の隅へとびのいた。そのはずみに茶卓の茶がひっくり返って、西本のズボンを濡らした。そのざまさえがおぞましい。

こんな下衆《げす》にいっときでも興味を持った自分がつくづく情けなかった。

　ポケットの手を出しなさいお別れです
海も見えぬれんじ窓に立っている西本の背中がもう昏れかかっている。

「西本さん、わたしとあなたは何ですか」

西本がふてくされて胡坐《あぐら》をかいた。

「川柳の仲間やろ」

「川柳の先輩はこういうことをしてもいいのでしょうか」

「ちょっと！」

急に西本の声が高くなった。

「誘うたらついて来たのはあんたやないか。子供やあるまいし、いざとなったらイヤやなんて、それはないぜ！」

そう、何もかも私が悪かったのだと新子は思う。人の愛を試そうとした冒瀆を新子は思い知らされていた。

新子の中で「男」はまだ未知の存在だった。好きだと言われていい気になって、男というものは愛する女にどんなおいしい言葉をくれるのだろうかと、そんな甘い考えでこの下津井まで従いて来た。

西本の軽挙を責めることはできない。新子という男知らずの無謀を笑うかに、窓を叩く雨まじりの風が強くなってきた。

「ごめんなさい。わたしはあなたを好きでも何でもなかった」

一人の車中で新子は川柳を作り始めた。

川柳があとからあとから湧いてくる。こうして書いておれば救われていく新子である。

現実は忘れなさいと星が出る

母で妻で女で人間のわたくし

愛は宝　切売りなどはできませぬ

虹の橋あれはピエロのシルエット

ミシェルモルガンの瞳よ　秋よ来よ

土砂降りの中で心に向かい合い

「アシタハ晴」

ノートのさいごにそう書いて新子は目をあげた。姫路駅が近づいていた。

師弟

句会とは別に新子の川柳ノートは新子の日々の思いで埋められるようになった。

このきっかけを作ってくれたのは「伸びよ山谷新子」という一行のタイトルである。これは神戸のふあうすと社同人の青井得三氏の文で、「生活川柳の、即ち第三者の眼にならず、自分を環境を、そして己れという眼からの十七字こそ」という内容であった。

新子は真実うれしかった。

こういう川柳の作り方もあるのだ。伸びてもいいのだ。心を正直に出してもいいのだ。

新子の胸の中で何かが炸裂する音がした。

かたまりが火の色となり喉にあり
嫁ぎ来て十年恋はまだ知らず
慟哭の今は子もなし夫《つま》もなし
たった今死にたし緑燃ゆ中に

慕われているしあわせの髪を梳《す》き

解放の今ごくごくと水を飲む

もろもろの眼の美しさ男の眼

そうした中で新子が生涯の師となる川上三太郎と出会ったのは、昭和三十二年の夏の日である。その日、新子は姫路句会の友人、小野礼子と岡山市で開かれた句会に出た。

「先生、先生、こちら山谷新子さんです」

礼子は少し前から三太郎門に入っており、三太郎を父親のように慕うボーイッシュで明るい女性であった。

礼子に紹介されて三太郎の前にすわった新子は、

(これがかの有名な川上三太郎か)

と、目をあげてまっすぐに三太郎の瞳を見た。

川上三太郎といえば、マスコミのあらゆるところで目につく川柳家である。東の川上三太郎、前田雀郎《じゃくろう》、村田周魚《しゅうぎょ》、西の岸本水府《すいふ》、麻生路郎《じろう》、椙元紋太の六人が川柳界の六大家と称されていた。六大家といえば神さまみたいな存在だと多くの人が思っていた。

三太郎は六十五、六歳か。ロイド眼鏡の奥の瞳は意外に柔和であった。長い顔の左あごに瘤《こぶ》がある。その瘤をもてあそぶ手をとめて、三太郎もじいっと新子を見た。

(礼子のいう父親のまなざしではないな)

と、新子も三太郎から目を離さずに思っていた。三太郎はふーっと息をつくと、

「君はいくつかね」

と訊《き》いた。

「二十八歳です」

「そうか……、子供は」

「二人おります」

うん、と三太郎はうなずいてから言った。

「君はふあうすと社同人のままでよろしい。よろしいから今すぐぼくのところへ句を送って寄越しなさい。いいね」

「はいッ」

新子は魔法にかけられたように答えたのであった。

それはちょうど寺でまっ赤な花に出遇ったような心のゆらぎである。父親以上の年上の、しかもこれから川柳の教えを乞おうとする師の中に、一瞥して「男」を感じてしまうとは。新子は自分の特異な感性に苦笑して、強くかむりを振ったのであった。

それから数年、新子は三太郎の胸板めがけて、句を投げつづけた。それはマスコミ川柳界に君臨する男への挑戦にちがいもなかった。

男の凡《ぼん》を嗤《わら》って朝の風凍る
一点をみつめておれば死ねそうな
取った受話器の音におののく
ポケットを全部探られたよ馬鹿ね
雪の夜の惨劇となるベルを押す
あたしの恋を蔑《さげす》む涙なら　母よ
背《そむ》きゆく旅なり空は茜なり
なまごろしのわたくしが生きて万才
逢いたしと口にも出せり字にも書く
そんな日の棚に昨日の乳の瓶

三太郎からは一枚のハガキも来なかった。ただ○と×を入れた句稿が矢のように戻って来るだけである。新子は三太郎が入れた○と×の句を深く深く心に刻んだ。

そのうちに、三太郎の○印は、新子が人を恋する句の中でもっとも飾り気のない本心に付けられることに気づいていったのである。

姫路の礼子の家で三太郎に逢う機会がやってきたのは、初対面から二年後のことだった。

「新子は」

三太郎は二年としを取った瘤を手でもみほぐしながら言った。

「新子は恋をしているね」

新子が黙ってうつむいていると、三太郎は何を思ったのか、庭下駄をつっかけて二、三歩あるいたうしろ姿のままで、さらに声を強めたのである。

「当ててやろうか、相手は洲崎三平だろう」

腰に組んだ手の指がいらだたしげに動いている。

洲崎三平は新子とおなじ吉井川畔の生まれである。詩を書き、俳句をものし、冠句も川柳もという器用な男である。川柳は新子と前後して三太郎門に入っている。

三太郎に言われて新子は初めて気がついた。そうだ、三太郎の心をめちゃくちゃにしたくて投げつづけている句球のモデルは三平だったのかもしれない。

新子は笑うゆとりをとり戻した。

「そうです。三平さんの句は好きです。でも三平さんとはともだちですわ。恋人は死にました」

三太郎は脱げた庭下駄を足に拾うと、すたすたと庭木のかげに消えてしまった。

ふるさとに疵《きず》あたらしき墓標立つ

夜になり夜の血が身をかけめぐる

父の胸の煙草臭さへ泣きに行く

鳥が発つように別れの文を書き

女であることの涙を母へ見せ
ジャズの中甦ろうとしてみたが
ペン涸《か》れて月の夜のことなまなまし
脱線の叶わぬ汽車に似て走る
この淋しさわが手にわが身抱きしめて
何という正直妻子は愛しいと
まなこふたつ憎悪にもりあがる泪《なみだ》

昭和三十五年二月、祖母が死んだ。

吉井川のほとりの砂の墓地に祖母を埋めた四、五日を、新子は久しぶりに吉井川で過ごした。浚渫船も機帆船も消えてしまった吉井川は川上に建てられる化学工場の話でもち切りだった。化学工場が建てば吉井川のかいつぶりもエビもカニも、チヌもハゼも、シジミもハマグリも、みんな棲めなくなってしまうだろう。新子が腰かけている海岸の石の雁木もコンクリートで塗りかためられるだろう。

吉井川が新子の中で死んでいく予感に、新子は戻りの車中で吉井川百句を生んだのであった。

川は日々新しという忘年記
朝顔も桔梗も白し死ぬ家族
ふらり出て水へ水へと水育ち

舟虫よお前卑怯で美しい

風を見ていると答えた女なり

野菊咲く　心落としてきたような

吉井川葱を洗えばやさしかり

川柳界では、特に神戸のふあうすと川柳社では、次第に台頭してくる新子の句に対する風当たりが強くなってきていた。

川柳誌という土俵で「あれは不貞川柳だ」「女の眼は涼しいほうがよい、熱い眼の女が生んだ川柳は暑くるしくていけない」などと、ペンの暴力をふるう者、わざわざ新子の家を不意打ちして、「あれは作家でも何でもない、文房具屋のカミさんに過ぎなかった」と言いふらす者。新子とあやしい男数知れずと、まことしやかに告げまわる者。それこそ枚挙にいとまがなかった。

そうした新子を、かげになりひなたになって庇《かば》いつづけてくれたのが房川素生という長老であった。素生老はハガキの裏表にぎっしりの字を書いて新子をいさめた。

「川柳界をシゲキするのはよくありません。川柳は日常にあると心得て下さい。夫の悪口や人妻の恋などもってのほかです。新子さんの日常はきちんとしているのだから、それを川柳にすることです。あなたはよい妻でありよいお母さんなのだから、それをゆめゆめ忘れないようにして下さい」

それでも新子は書きに書いた。

鯖ふたつ並んで恋の末に似る
肌襦袢ひやりと弾む旅でなし
火の山の如しわが手に乳房抱く
嘘ついて出て遠くから家を見る
私は何者だろう眠られぬ
企みの中へ汽笛が太く鳴り
ドドンパを踊る狂える人のため
別れあり風が燐寸《マッチ》を消すごとき
犬とそしられ一椀の水を干す
三十をいくつ過ぎたと父が訊く

つまらないねえ今日も晴あすも晴

新潟に上山厳という男がいた。彼もおなじ三太郎門である。才に長《た》けて侠気があって、どこやらインテリヤクザの匂いがする。厳は会うなり新子に金盃を一つくれた。

「君は今日からおれの妹だ。しっかりしろよな。バカな男とちょろちょろすんじゃねえよ」

金の盃がぴかっと光って、近くで日本海が黒く荒れている日のことであった。

どうしようもない妻ノロの男ばかり見てきた新子に、厳の侠気はさわやかにも好もしく見えた。

新子は厳を兄のように慕って、北へ旅するたびに一泊、二泊と厳夫婦に甘えるようになっていた。

「恋人がいない毎日はつまらない晴ね、厳兄さん」

「晴の日はつまんねえか、ハッハッハ。新子らしいや。ところでな、だからというのではないが、三太郎が君のこと好きなのを知ってるかい」

「まさか！」

「それがまさかじゃねえんだよな。ほら、じいさまオレんちへ来ては三日も四日も泊まって行くの知ってるだろ。あの人はしんそこさびしいんだよなあ、オレんちだと気を許してさ、胸ん中腹ん中をありったけ喋ってくどくわけよ。君のことも何とかしてくれってさ」

「わたし、じいさまは生理的にいやです」

「ハッハッハ、まあそうムキになるなよ。三太郎がさびしい人だってことさえ知っていてくれればいいさ」

あとは酒になったのだが、厳から聞いた三太郎のさびしさは、日本海の波の音とともにながく新子の胸に残った。

女の意地の押さえても浮くさくらんぼ

一年ほど経って三太郎門の集いが岡山の小さな温泉地で開かれた。

三太郎の門下の者は兄弟子、弟弟子、姉だ妹だと、たちまち深くつながってしまうところがあった。他の川柳結社では見られないふしぎな現象である。

岡山地方に住む同門の人たちも、まるで法事に集まった従兄ハトコのごとく、手を取り合い肩叩き合って和やかに歓談している。

そうした中で、新子だけがどことなくそぐわないのはなぜだろう。

「あんたはふあうすと社から来たママ子だからよ。私たちは生えぬきの先生の子だもん。でもみんないい人だから、そのうちあんたも三太郎の娘になれるわ。気にしない気にしない」

と、小野礼子はなぐさめてくれるけれど、新子は衿もとに秋の風を受けて、しんとすわっているばかりだった。

窓の下にも畦道にも曼珠沙華が咲いていた。

午後から始まった三太郎を囲む会は五時に終わって宴会になった。

「先生、〇〇です。まあおひとつ、まあおひとつ」

弟子たちは競って三太郎の膝下にはべろうとする。三太郎がことのほか可愛がったのは女弟子で、見ているとそれは心の底から娘を愛でる父親のまなざしなのだった。

三太郎の酒は顔に出ない。しかし盃を重ねるにつれて口許がだらしなくゆるんでくる。

「新子、新子はいないか」

左手で耳の下の瘤をなでながら三太郎が呼んでいる。新子は悪い予感がした。

「はい」

「ここへ来なさい」

「はい」

「君とぼくには恒例の契約更新がある。一年ごとに師弟の契《ちぎ》りを結び直すというあれだ。忘れてはいないだろうね。何しろ君はよその子だから油断もスキもならぬわけだ。わかっているね」

「はい」

「それならあとへ残るように。ゆっくりと話をしよう。さあみんな、今日はこれまでにしてくれ給え」

みんなはそれぞれの部屋へ引き揚げて行く。

新子以外の三太郎門下は、ひとたび三太郎の弟子になれば、生涯その師弟関係はゆらぐことがなかった。新子が師弟の一年契約をさせられていたのは、一つには「ふあうすと」同人の籍にあったこと。もう一つには、三太郎独特の新子のかわいがりようであった。一年ごとに膝下に新子を呼び寄せるときの三太郎の機嫌のよさからして、新子は敏感に三太郎の愛を察知していたのである。

「礼子……」

新子はいっしょに残ってくれるように礼子に目くばせをした。

礼子は気転のきく女性であったし、三太郎の扱いも馴れたものである。

「先生、さあさ、お部屋へまいりましょう」

礼子に腕を支えられた三太郎はおぼつかない足どりで離れの部屋へ向かった。

新子も少し離れて従いて行く。

秋の早いこのあたりは、もうジージーと虫の声がする。立ちどまるとその声は地から湧いて来るように思えた。

「新子」

「はい、今行きます」

部屋の座卓に三太郎はしどけなく横ずわりすると、女中を呼んで銚子を二本運ばせた。床の間には李白の詩がかかっている。

三太郎も黙り、礼子も黙り、遠くの部屋で柱時計が九つ鳴った。

「礼子、君は夜が早いのだろ。低血圧の子は早く寝ないと朝がつらいよ。おやすみ」

礼子がおじぎするのにつられて新子も礼をすると、礼子のあとから部屋をすべり出ようとした。

「新子は残りなさい、話がある」

三太郎の目が据わっている。

三太郎は手酌で三つ、盃をあおった。

「なあ新子、君はもう、いつでも一本立ちして旗振りができる。女一般の句ではない、新子という句風をみごとに打ちたてた。もう大丈夫なんだよ。今の調子で、これからも……」

三太郎のくびがガクンと折れる。上体がゆらりとかしぐ。

「これからもな、すくなくとも、おれのように五十年、六十年と句を書きつづけるんだ」

「はいッ」

「なあ新子、おれを離れて独立するか。それともまた一年の契りを結ぶとするか」

「どうぞ」

よろしくお願いしますと、そろえた指を三太郎に取られた。

「新子……」

三太郎のからだが大きくのめって、座卓の上の銚子がころんだ。盃も音を立てた。手を握られたまま引き寄せられて新子も前へつんのめった。骨太の三太郎の胸板が新子の顔へのしかかる。息が苦しい。酒臭い。

あっともうっとも新子は声を出さなかった。死んだ牛のような三太郎を渾身の力で曳きずって布団の上へころがすと、掛布団で押さえつけた。

「おやすみなさいませ」

廊下へ出ると、あちこちの部屋にはまだ灯がついて賑やかな笑い声である。その笑い声の中で、新子もまたうすく笑ったのであった。

マリア

新子は二つ、三つの国立療養所の川柳グループから頼まれて、月一回の句会指導に出かけるようになっていた。

電車を乗り継ぎ、バスに乗って「療養所前」で降りると、松の枝を鳴らす風がいちどきに新子を包む。それはまるでここに明け暮れる結核患者たちの声のようにも思われた。

バス停には水色のペンキが剝げたベンチが一つ、その雨ざらしの木肌に松の木洩れ日がゆれていた。

「サッちゃん、来たわよ」

雨の日も北風の日も、このベンチでかならず待っている東田幸子である。幸子は二十《はたち》のころからこの療養所で暮らして、もう三十に手のとどく娘である。鹿児島生まれとしか言わない幸子はよほど数奇な運命をたどったとみえて、少し猫背の暗い眼をもった娘だったが、新子に会うとぱっと花がひらくように笑うみそっ歯が愛らしかった。

「先生、ありがとう。みんな待っとるよ」

物を言うたびに幸子は肩で大きく息をし、黙ると喉がぜいぜい音をたてる。

「サッちゃん、彼とはその後うまくいっているの」

「ううん、あの人はクラシックに夢中で川柳ちっともやってくれない。それに、近ごろほかにいい人がいるみたいです。いいんだ、もう……」

幸子が小石を蹴ったのが松の木に当たって、ひとしきり小鳥の声がわき起こる。

幸子と話しながら松林の下道を行くと、急に視界がひらけて平屋建てのバラック群が見えてくる。軽症の人は二人部屋、重症の人は個室で、それぞれにプリント柄のカーテンの窓が連なっている。五月の風がカーテンをふくらませたりしぼませたりしている。

窓の下には、これも申し合わせたように花の台がしつらえてあり、今はキリシマツツジが彩を競っている。チューリップはもう首を伸ばしきり開ききってけだるい昼下りである。

そうした病室長屋の一つの部屋へ新子は足を早めた。

「面会謝絶　清村稔」と記された白いカーテンをかいくぐる。

消毒薬の匂いの中で、稔は目をひらいていた。酸素の管を鼻孔にさされたまま、その瞳が新子をとらえてほほえむ。

「稔さん苦しいわね。でも、元気を出して句集を作りましょう。句集が出来上がるころにはきっと元気になるわ」

幸子は早くも涙ぐんで、枕頭台の古い時計のネジを巻いたり戻したりしている。

稔は二度、三度と息を整えるように目をつむってから、かすれた声を出した。

「今日は西風やから……センセが来てくれると思った……」

稔の危篤を知らせてくれたのは幸子である。稔が生きているうちに句集を作りたがっていると、相談してきたのも幸子であった。稔はそれを知っている。しかし、新子も幸子も、そして稔も、下手な芝居でもしていなければ間のもてない稔の部屋であった。

「そうよ。西風が吹いたらひょいと乗ってしまうわたしのクセを稔さんよう知ってる。それに今日はここの例会もあるやないの、ね」

うん、と目でうなずいて、またひとしきり稔の息が乱れる。

カーア、カーアと鴉《からす》が松林を渡って行く。

　そのように駆けてみたしと病む人よ

新子は稔のノートを預って戻ると、その夜から句集の礎稿《そこう》作りに取り組んだ。

鉛筆でぎっしり書き込まれたノートの字は終わりになるにつれて歪み、うすれ、それは稔の命そのもののように思われて新子はつらかった。新子は憑《つ》かれたようにノートから句を選び出していった。

ふるさともなく笹舟の流れ去り
雑犬に頰すり合えば温《ぬく》みあり
百舌《もず》たける林で二十代を病み

そういえば稔は今年何歳になるのだろうかと略歴のページを見る。

「昭和12年神戸生　現住所　兵庫県三田市大原国立兵庫療養所」

それだけしか書いていない。昭和十二年といえば……二十八歳か。それにしても、現住所が療養所であることに新子は胸を突かれる思いであった。

指紋みな同じ羽根反るツルも折り
スポンジの枕わたしに恋はなし
蘭の茎伸びてうつろな日が過ぎる
病人の焦りきちんと陽は沈む
言われなくても治りたい眼だ
バッタに拍手　岸まで泳ぎ切った息
音が欲しわが頰を打つ独り部屋

そしてみつけた稔の詩。

〈ピエロ〉
背広姿のぼくが
退院のあいさつをしている
「先生ありがとう」
「皆さんありがとう」
ぼくがこの話をすると　みんなは笑う
「お前はピエロだ」と。
安静度一度のぼくが
退院風景を心に描くのがなぜおかしいか
かまわない
今日もピエロは
背広姿で　退院のあいさつをする

清村稔の句集『笹舟』は昭和四十年六月十五日に印刷。七月一日付で出来上がった。新子は持てるだけの冊数を風呂敷に包んで療養所を訪れた。

奇蹟的に危機を脱し、小康を保っている稔が仰臥のまま涙をあふれさせた。

走るようにその部屋を出た新子は、バス停の茶店で幸子と向かいあっていた。幼い蟬がヂヂ、ヂヂと鳴いている。

「先生、稔はもうじき死ぬのを知っているんです。でも、わたしにもみんなにも、死ぬもんか、生きる生きると言うんです。だって、斉藤さんも小川さんも死んだもんね……。わたしかて今はこうやって外を歩いているけどいつポコンと死ぬかわからへん。先生、今の結核ってやっぱし死ぬんです」

打ち消さねばと思ったけれど、新子にそれはできなかった。この前訪ねて今日訪ねる、そのわずか一ケ月のあいだにも、川柳同好会の人が次々と不帰の客になっていた。元気に退院していくのは、集団検診などでごく初期に結核がみつかった人に限られていたのである。

バス停の茶店からは有馬富士が見える。

ストローを手に持ったままで、新子はそのなだらかに裾ひく山々を眺めていた。目の前にいる幸子のこと、句集を抱きしめているだろう稔のこと、この松籟《しょうらい》の療養所に病いを養う多くのともだちのこと。

そうして新子には、忘れようとして忘れられぬもう一人の病友との思い出があった。

新子は今、有馬富士のずっと向こうの、海を渡ってまだ遠い徳島のその人のことを思っていた。

病む人の離さない手と別れねば

山の療養所はバラックの長屋風ながら、入口に吊るされたプリント模様の一枚のカーテンの往き来は自由である。長い療養のあいだには男は女を愛しく思い、女は男を恋してあたりまえだと新子は思う。朝な夕な、女は男の訪れを待って、カーテンの風のそよぎにも心おどらせるのではないだろうか。

しかし、その人、木戸青畔の場合はその自由さえも許されてはいなかった。開放性結核という名があるのかどうか新子にはわからなかったが、青畔は臨海療養所の隔離病棟の一室で、来る日も来る日も波の音だけの日々を送っている人であった。

新子が昭和三十三年に出した、句集ともいえぬ小冊子『月のかさ』を見た、というのが木戸青畔からの初めての便りである。

「あなたは心の偽れない人」「そして、あなたは透明な人」などという青畔の手紙の内容は、新子の心を強くとらえるものであった。

海を越えて文が届き、海を越えて文が往き、新子は次第に青畔の便りを心待ちするようになっていたのである。

新子二十九歳、青畔二十四歳。まだ女を知らぬ青畔のういういしい手紙は、新子が人妻であると知っても一向にひるまなかった。そして、それは、十歳と七歳の子を持つ新子をひとりの女に戻す不思議な力で新子を攪乱させるものであった。

光男の店の壁に取り付けてある電話機がけたたましく鳴ったのは、十一月の、海には黒い波が立ちさわいでいるだろうそんな深夜のことである。

「山谷さんですね。こちら徳島臨海療養所です」

「はい」

「木戸さんが危篤です。危篤なのにどうしてもあなたに電話すると言ってきかないんです。……それに、木戸さんは耳がきこえません。ご迷惑でしょうが話をきいてあげて下さい」

「はい」

大丈夫ですか、とか、器具のぶつかり合う音や物の倒れる音がつづいて、青畔はなかなか電話口へ出られないでいるらしい。新子はひたいに汗がにじむ。ぐずぐずしていれば光男が二階から降りて来る。子供たちも異様な電話に気がつくかもしれないのだ。

耳の中にふたたび人の気配がした。

「もしもし、新子です、わかりますか」

深夜であることも忘れて新子は声を張る。

「もしもし、青畔さん、新子です新子です」

「………」

電話からは貝殻をすり合わせるような呼吸音ばかりがつづいている。

新子にはとても長い時間に思えた。

何も言わず、コトンと電話が切れた。

それは青畔の呼吸の切れた音だと新子は思った。新子の耳に、研ぐような虫の音が戻って来たのはそれからしばらく後のことだった。

伝染《うつ》ってもいいかと愛は愛は愛は

新子が徳島臨海療養所を訪《と》うたのはその翌日のことである。

「マリアか何か知らんけど、ええかげんにせんと病気をもらうよ」

という光男の声の半ばで家をとび出して来た。

私はマリア。私が行かねば木戸青畔は死んでしまうだろう。私が行けば彼は助かるかもしれない。

その一心で汽車に乗った新子である。

姫路から岡山まで。岡山で乗り継いで宇野まで。宇野から連絡船で高松へ。高松から徳島へはどの汽車に乗ればよいのか。紅葉の沿線も瀬戸内海も目に入らず、ただ青畔よ生きていてほしいと、祈りに組みつづけた両手だった。

新子は、他人に篤く身内に薄い自分の性格に気づいてはいなかった。光男が新子の療養所めぐりにいい顔をしないのも、それが新子の健康をしんそこ案じてのことだということがわかってはいない。保健婦を志した性格のどこかに、東へ西へと、病む人のために奔走しようとするものがすでにしてひそんでいたのかもしれなかった。

新子は白衣を着せられ、目までかくれるマスクという完全防備で隔離病棟へ案内された。看護婦たちの好奇の眼が背中にささる。

「私はここで……」

という看護婦と別れて、渡り廊下をたどって行くと、右手に白い砂浜が見えた。その向こうの海は青黒く、沖には白波が立っていた。松をわたる風がぴょうぴょうと泣く廊下である。

足音をころして三号室のドアを開けると、きつい消毒の匂いが襲いかかった。入口からベッドのまわりまで新聞紙が敷きつめられている。何だろうこれは……。

わさわさと新聞紙を踏んでベッドに近づいた新子を、燐のように燃える青畔の眸《め》ががっきと捉えた。顴骨《かんこつ》がとび出た青畔の顔は高熱のためだろう、頬もくちびるも紅を刷《は》いたように赤い。

しかし、青畔は新子が想像していたよりもずっと落ちついて見えた。

「来て……来てくれたんですね」

かすかに聞きとれる声でそう言うと、青畔は苦しそうに身じろぎをして手を出そうとする。青い、バッタの翅《はね》よりも青くて細い左手を青畔がさし出した。

新子がその手を両の手で包むのと、青畔の鼻孔から酸素吸入の管が抜けるのと、新子がマスクをかなぐり捨てたのと、一瞬の出来事だった。

新子はムギワラ細工のように乾いた唇に自分の唇を押し当てていた。

「生きて！」

それだけ言うと、新子は後をも見ずに病室を出た。

外の空気がおいしかった。

海岸から町へ入るバス道に柿の木が二、三本あって、鈴生《な》りの実をつけていた。木の下にはつぶれた柿が踏みしだかれている。

その赤い色を見たとき、新子は急に吐き気を催したのである。木の根方に吐きつづける新子の背を悪寒が走り抜けた。

抱擁は戯画のほかなし柿たわわ

青畔はその日から九日生きて、死んだ。

新子にそれを知らせてくれたのは、巻紙に書かれた青畔の父からの手紙であった。

「――息子は安らかに息をひき取りました。

看護婦さんからも、また、息子の口からも聞きましたが、遠いところを、よくぞ来てやって下さいました。親として心からのお礼を申し上げます。

あれは、高校を出るとすぐから漆器職人として大店に住み込みました。漆が胸の病いに悪かったのかなどと、親の愚痴です。

さて、くだらないことですが、お訪ね下さった折の床の新聞紙のことです。あれはあの子が命がけで敷きつめたものです。あなた様に不浄な床の汚れを見せたくない一心だったのでしょう。私にも手伝わせず、息もたえだえに這いずりまわっていた姿を思いますと、今も涙がとまりませぬ。

短い息子の生涯の中で、あなた様に出逢えたことが、せめてものなぐさめです。もういちど、息子の分まで御礼を申しあげます」

新子はただ胸を嚙む後悔の音だけを聴いていた。柿の木の下に嘔吐した新子は、青畔をほんとうには愛していなかったことを、天に詫びるしかなかったのである。

夫婦

新子が処女句集『新子』を上梓したのは、昭和三十八年十二月一日のことである。ひとつのことに取りかかるまでに時間のかかるのが新子の欠点だったが、こうと決めてからの一気呵成もまた、新子の悪いところだったかもしれない。

新子はこの句集を一夜で原稿に起こし、三十日で誕生させてしまったのである。

たばこのピースの色表紙に新子と白く抜く。それが新子の夢だった。

川上三太郎の序文は父の声、房川素生のそれは母の声。二人の師の声に飾られて、句集『新子』は誕生した。

一念は両手に櫛を持つごとし

定価三百円のこの句集の売れゆきは全くあれよあれよの間であった。わずか二ケ月で五百冊を売りつくして、新子はやっとわが子である『新子』を抱きしめたのだった。

毎日毎日ファンレターめいた手紙が舞い込んで来る。うれしい。新子はせっせと返事を書く。返事にまた返事が来て、それは次第にラブレターめいてくる。

新子はそんな毎日がこの上もなく楽しい。

夜毎夜毎に『新子』を抱いて新子は眠る。熱に浮かされたような三十四歳の新子であった。光男にはおもしろくない日々である。

光男が新子を抱こうとして、コツンとふれる本の固さは、そのまま新子の心の固さのように光男には思われるのだ。

「なあ、そんなにその本が大事か」

「大事です」

「そうか。そんならじっとしておれ。どんなことがあっても動くなよ」

新子のからだを知り抜いた光男の指がのびてくる。意志とはうらはらに新子のからだはくたくたと崩れてゆく。半びらきの唇から声が洩れそうになるのを新子は本を抱くことで堪えようとする。女のからだは女の心を裏切って憚《はばか》らない。新子はしばらく闇の中に目をひらいて自分のからだをうとむのだった。

枕許の灯りをつけて『新子』を読む。

靴音が近づき胸を踏んで過ぎ

嫌い抜くために隙なく粧《よそお》いぬ

つらなってわたしを去ってゆく電車
とどまれば倒れる風を切ってゆく
凶暴な愛が欲しいの煙突よ
強がりを言う瞳《め》を唇《くち》でふさがれる
蛇の皮たけのこの皮わたしの死

こういう句の中のどの句が人の心に届いたのだろう。あの句かこの句か。新子にとってはどの句もわが子である。

現実に隣の部屋で眠っているまどかと陽もわが子だけれど、あの子たちはやがて新子を離れていく。

句は、句はいつまでも新子である。新子には句と現実のさかい目がみつからない。何という愛おしさであろうか。わが句を読んで涙して、やっと眠りの淵へ沈んでいくのが日常となっていった新子である。

美文捧げまつる精神的娼婦

ファンレターの返事に返事が来て、また返事を書いているうちに、新子は妙な手紙を手にした。その手紙は女名の連名である。

読んでいくうちに新子は指がふるえるほどの憤りを感じた。

まず、「あなたは不特定多数の男をまどわせる娼婦だ」という文字が目を刺した。さらに「私たちの主人は川柳の世界で親友同士です」とある。

(それがどうした)

と読み進んで、やっと新子は納得したのであった。つまりは、二人の女の亭主は新子にファンレターをくれた男だったのである。

「私たちは大いに迷惑しています。以後、恋のたわむれの手紙はおやめなさい」

新子は腹の底から笑いがこみあげるのをどうしようもなかった。

その日から新子はせっせと恋文を書きはじめた。もちろん二人の女の亭主に宛ててである。

空には春の夕月がかかり、菜の花畑がおぼろであった。

新子は買物籠をさげて裏口から外へ出た。すると、電柱の影に誰か立っているのが見えた。白いスーツケースを持った男である。五分刈りの頭がすがすがしく、年のころは三十になるかならずである。仄白い顔に黒いメガネをかけている。

「新子さんですか」

「そうですけど」

「ぼくは、北川省作です」

「ああ……あの、北海道の……北川さん」

「そうです」

北川省作も句集『新子』以来のペンフレンドである。それがまたどうしてここに立っているのだろう。

立話も何だからと、喫茶店へ連れていった。喫茶マノンはよく混んでいた。銭湯帰りの近所の人や市役所の顔見知りもいて、新子は白い鞄の青年をもてあつかいかねる思いだった。

上を向いて歩こう

涙がこぼれないように

九ちゃんの歌がかかっている。

新子は、あの人この人にあいまいな笑顔を見せながら、ゴムの木の陰の椅子に北川をすわらせた。

コーヒーをすすりながら北川省作は上目づかいに新子を見つめるばかりで口を開こうとしない。新子はじれじれする。

「あの、わたし急いでいるのですけど。こちらへ旅行でもなさったのですか」

「新子さんを頼って家出、したんです」

新子は掬っていたアイスクリームをスプーンぐるみ取り落としてしまった。

「家出ったってあなた。これからどうするつもり」

「ですから新子さんを頼って」

新子は舌打ちをしたい気持ちでしげしげと北川省作を眺めていた。

光男に話せば、おまえが甘い手紙ばかり書くからや、と叱られるであろう。それにしても無謀というか大胆というか。

人や憂し鰯はザルに溢れいて

北川省作を姉に預けてからもう三ケ月が過ぎようとしている。

新子より三日早く結婚した姉の正代は、子供のいない気安さから、両親を夫に托して大阪へ出ていた。

そのつてで北川をパン工場に就職させてもらったのである。パン工場には独身寮もあって、北川はけっこう元気に働いているということであった。

その日は朝から雨のうっとうしい日だった。句会から新子が戻ってくると、何やら光男のようすがおかしい。この時間まで起きていることはかつてなかった光男である。

起きて茶の間に正座しているなんて。

「どうかしましたか」

「北川の女房やという女から電話があった」

「それで」

とつぜん、光男のひたいに青筋が立って、新子は土間にころがり落ちた。

「わけを話して下さい」

光男はまっ青になって、くちびるがわなわなとふるえている。光男の発作の原因が新子にあることはたしかであった。

「胸に手え当てて考えてみろ。北川の女房はおまえに北川を取られたと言うとった。ほんまか！今日かて句会かどうかあやしいもんや！」

なんだ、そんなことかと、新子はいっぺんに気が軽くなる。

「おとうさんはそれで、電話にどう答えてくれたんですか」

新子は声まで和んでくる。

「そりゃ、おれは言うてやったよ。迷惑しとんのはこっちゃて。新子はそんな女やないて。おう、はっきり言うてやったわい」

「おとうさん！」

新子は光男の背にしがみついてよろこんだ。すわっている光男の肩をゆすり、それでも足りず光男の髪に指をつっこんで掻きまわしてよろこんだ。さすがは夫婦だというありがたさがこみあげてくる。

そのときである。光男の頭髪の中のつるりとしたものが新子の指に触れたのである。

それはおとなの親指大のハゲであった。

「おとうさん、これは何？」

新子はハゲを指でなぞりながら尋ねた。

「ああそれか、戦争の時の弾丸のあとや」

「タマのあとって、頭のてっぺんよ。ふつうなら戦死よ、これは！」

久しぶりに茶をいれて、光男とさし向かいになった。今夜はゆっくり聞こうと思う。結婚してから十七年も過ぎたというのに、新子は光男のことをほとんど知らなかった。

裏の城の林でふくろうが鳴いている。ほう、ほほう、ほうほうと、その声は新子の胸に沁み入ってくる。

好きになれないからといって、光男をうとんじ、戦争の話も聞こうとしなかった自分がつくづくと悔まれる。

もしかしたら、嫁いで以来絶え間のなかった光男の暴力も、戦傷が原因かもしれないではないか。

新子は二階に寝ている二人の子にも、しんそこすまないと思った。

若き子の枕片寄せ　戦あるな

「あれは、わしが台北の飛行場基地に居った時のことやった……」

光男の話によると、光男は海軍航空隊の整備兵として最前線にいたのだという。視力がずば抜けてよかった光男は見張りに立っていた。

「ケシ粒のような敵機が双眼鏡の中へ入って来よるんや。それがわーッと増えて大きゅうなってくる。退避命令を出さんならん。敵機発見ーッ、敵機襲来ーッ」

光男の眼がいきいきと輝いてくる。こんな光男を見るのは初めてである。

「おれも見張り台から降りねばならん。そう思うていて、つい別の方角からそこへ来ていた敵機にやられたのや。機銃掃射の弾丸が鉄カブトの紐に巻きついて助かったそうやけど、気い失うてしもて、気がついたらテントの中に寝かされとった。あたま包帯でぐるぐる巻きにされてなあ」

この人も戦争の犠牲者だったのだ。

新子は襟を正す思いで先をうながした。

「おとうさんは、では傷痍《しょうい》軍人やないですか」

「いやそれが、終戦間際の野戦やよってに厚生省への届けも何もしてないのや。どさくさにまぎれてしもうた……」

新子がもういちどさわってみると、光男の頭のてっぺんのつるつるしたハゲは、心なしかぺコンと凹んでいる。

「なあおとうさん、あんたがわたしを叩いて叩いて来たのも、そのハゲがそうさせたのかもしれまへんなあ」

「そうかもしれん。天気の悪い日や寒い日や暑い日や、春は春で、この傷のあたりがギジギジしてくるのや。おまえにも八ツ当たりしたのやろ。かんにんやで」

仏のごとく涙のごとく夫ねむる

光男の戦友会が岡山の登仙閣で開かれたのはその年の秋であった。

東京オリンピック直後の集いとあって、話題はもっぱらオリンピックや新幹線に集中した。戦争を忘れよう、忘れたいとする人々は『お座敷小唄』や『幸せなら手をたたこう』と、気勢をあげていたが、酔うにつれて話は台湾の激戦へと移って行く。

「そういえば山谷、おまえも危機一髪やったぞ」

そうだ、そうだとみんなは寄ってたかって光男の頭の傷をのぞくのである。

そのうちに、血まみれの光男を担架でかついだという二人が話の中心になっていった。「こんな生証人がいるのに山谷が傷痍軍人年金をもらっていないとはけしからん。さっそくみんなの署名を集めて厚生省へ嘆願しよう」

外へ出るとからきしおとなしい光男は、いまさらそれは通るまいと、手をふって辞退したのだが、戦友会の総意に押し切られて戻って来た。

嘆願書を出し、厚生省恩給局から調査書が来たのは、その年も暮れ、新しい春も長けようとするころであった。

光男と新子は神戸の新開地から分岐している山の電車に揺られていた。

この電車の五つ目の駅で降りて、タクシーで十分と教えられたK精神病院に着いたのはもう正午に近かった。

待合室には夫婦のほかに人はいない。ガラス窓から山の緑が反射して光男の顔は青ざめていた。

「大丈夫よ、おとうさん。わたしがついてる」

「うん」

しばらくして、診察室には光男一人が入った。

二十分、三十分、五十分、光男はなかなか出て来ない。新子は不安をなだめようと病院の庭へ出てみた。

病室の窓には鉄格子がはめられている。どれほどの人が入院しているのか、真昼というのにしんと静まり返っている。

タンポポを摘んで戻ってくると、光男が汗を拭きながら待っていた。テスト、テストで頭痛がするという光男を横にならせて、新子は診察室へ入って行った。

「やあ、どうも。副院長の太田です」

「山谷の家内です。お世話になります」

銀髪の副院長は鼻のメガネをずり上げると、改めて新子に向き合った。

「いや奥さん、精神科を指定されて驚かれたでしょう。ご主人の傷が頭だものですから念のために、レントゲンや脳波やいろんなテストをさせてもらいました」

「それで、どうだったでしょうか」

「これが写真です。カンボツしているのがわかりますね。テストも……相当悪いです。奥さん、山谷さんのこれまでの日常を正直に話してくれませんか」

新子はかいつまんで話をした。話しながら涙が頬をつたった。

副院長は新子の話を聞き終わると、メガネを拭くふりをして赤い目をしばたたいた。

夫婦で病院の坂を降りて行きながら、新子は光男がかわいそうでならなかった。

娘

昭和四十三年二月、新子は家を増築しようとしていた。

「町の中のネコのヒタイのような土地に二階屋根を上げるなんてどだい無理や」

光男は乗り気ではなかった。

「それに金はどうする」

新子は早咲きの水仙を剪《き》りながらこともなげに答える。

「大丈夫ですよおとうさん。去年あなたが入院して足を手術したときだって、切り抜けられたやありませんか」

「あの蛇穴《じゃけつ》神社でいただいた壺か」

「そうよ。蛇穴一念。あの壺には休まず貯金しているわ。足りないのは五十万円だけです。それもね、信用金庫が貸してくれますって」

左手に水仙の香りを束ねて新子は立ちあがった。手が切れるようにつめたい。

「まかしといて、ね」

「五十万円も借りて、あとが大変や……」

光男はまだこだわっていたが、ゴホゴホと咳をしながら店の方へ去っていった。

娘のまどかが二十歳。陽が十六歳である。それぞれが部屋を欲しがる歳である。

まどかはタイピストを志して大阪に出ていたが、土曜の夜には帰ってくる。

そのまどかを追っかけて、外車に乗った青年がやって来ていた。

まどかは黄色い蝶のようにかわいい。

「ねえ、おかあさん」

「なあに」

「こんど外車の人が来たら会ってね、会って話をしてね」

「あんた、あの人好きなの」

「まさかあ、ことわってほしいのよ」

この服もあの宝石も、あの人が下さったのよと、見せながらことわってくれという。

まどかにはまだ恋が何やらよくわかっていないらしい。ふわふわと娘ごころのおもむくままのつきあいらしい。

二階からバケツころがるやけっぱち

家の取りこわし、整地、建て増しは、大工のひまな二月の半ばから取りかかった。

大工親子を寝泊まりさせて酒肴のもてなしをする。まる抱えの突貫工事である。両隣からは礫《つぶて》のように朝から文句を聞かされる。やれ境の壁が落ちたの、棚の物がこわれたの。

「すみません、まあご主人、これで一杯召しあがってくださいな」

新子は特級酒を持参して頭をさげる。

頸《くび》にも胴のまわりにも肉がついてどっしりとしてきた新子の身のこなしを、光男は呆然と見ているしかなかった。

抱けば光男の手でひと抱えしかなかった新子のくびれた胴のいたいたしさはどこへ行ってしまったのだろう。

「そういえばおまえも四十やなあ」

「いいえ、三十九歳よ」

アハハハと、新子はくったくがない。

いちばん困ったのはトイレだった。

昼は公衆便所へ行くが夜をどうする。新子は姑のシヅに甘えることにした。

末の娘も嫁いでシヅは舅の甲太と二人で離れに暮らしていた。シヅは薪を割る手をとめて振り向いた。

「そりゃあ気の毒やけんど、このところ汲取りの人も来てくれんしな。それに、夜中にあんたがたに来られると目が覚めてしもうて。うちは目ざとうて寝つきの悪いほうでなあ」

コツンと一つ薪がとんだ。

「わかったわお姑さん。いいの、いいの」

新子はポリバケツを買って来た。

「わあ、派手な音立てよる」

陽はその夜からポリバケツの愛用者になったが、光男は咳の出る背をまるめて、ふるえながら公衆便所通いをやめなかった。

階下に台所と居間とトイレと風呂場を取って二階に和洋二間という増築は四十日の余もかかった。

まどかは大阪から戻ってくるごとに進捗している工事を見て喜ぶのである。

「わあ、この洋間は誰が使うの」

「陽よ。あの子はまだ勉強がこれからだもの」

「そうね」

「その代り、和室はまどかのものよ。まどかというよりはまどか夫婦かな」

「いやーん」

新子はまどかにも陽にも、好きな人と結婚しなさいよと言いつづけて来た。

内藤功はそうした母娘のムードの中へ現われた青年であった。

お嬢さんを下さいと言う何を言う
内藤は国立兵庫療養所でしばらく療養していたことがある。新子の川柳の弟子の一人でもあった。

その内藤が退院して姫路へやって来るという。新子は下宿先やら何やかやとめんどうをみた。内藤は仕事が終わると光男の店先で話し込んでいくようになっていた。時分どきがくれば「夕飯食べて行きなはれ」と、光男も内藤が気に入っているふうであった。

その日も光男と新子と内藤で夕食をとり、それではと内藤は帰っていったのである。後片付けをしていると電話のベルが鳴った。

「おとうさん、内藤さんがそこの喫茶店まで来てくれって」

「何の用や。今までここに居たのに」

「お金のことかしらね。言い出しそびれたのでしょう」

「おまえ、ちょっと行って来いや」

新子は、まどかの赤いサンダルをつっかけるとばたばたと駆けて行った。

喫茶店マノンには勤め帰りらしい人があふれていた。カレーやコーヒーにまじってうどんの匂いもこもっている。

ゴムの木の陰から内藤が立ちあがるのが見えた。

「すみません先生」

「内藤さん、いくら要り用なの。たくさんはムリよ、家は今造作中だから」

一気に言うと新子は内藤の前に腰掛けた。

「………」

「内藤さん。はっきりしなさいよ」

新子は笑ってうながしてやる。

「実は」

内藤はズボンの膝を正した。

「実はまどかさんのことです。ぼくもその、立候補させてもらいたいと思いまして。もちろん、まどかさんにはぼくから言いますが、ご両親のお許しをまずと思ったのです」

内藤はひたいの汗をこぶしで拭っている。

新子は、思いもかけない内藤のことばに、われにもなくうろたえていた。

急に胸がドキドキして、目の前の内藤が眩しかった。

子には子の道あり電車朱線あり

内藤とまどかの婚約がととのったのはその年の秋であった。

まどかは春から夏、夏から秋にかけて、ぐんぐん美しくなっていった。

「ねえ、おかあさん」

いっしょに買物に出かけた戻りの電車でまどかが吊革越しに甘い声をかけてくる。

「夕焼がきれいねえ……」

どこの、と新子は窓外へ目を放つが、大阪の空はどんよりと、秋の早い夕暮れが空をおおっているばかりである。

(ああこの子はまぎれもなく恋をしている)

新子は、そんなまどかがいとおしくてたまらない。恋する者にとっては淀川のどぶ色も美しいせせらぎに見えるのだ。

まどかのうなじにおくれ毛が揺れている。伏せた睫毛《まつげ》がまどかの豊かな頬に淡いかげを落としている。新子は三日後に迫った秋田での講演の構想を練ろうとしたのだが、目の前のまどかのことで落ちつけなかった。

「憎ったらしいほどきれいよ、まどか」

その声にどこか嫉妬がまじりそうで、新子は少しあわてた。

「ほんとうに内藤さんが好きなのね。今ならまだ取り返しはつくのよ」

にこっと笑ったまどかのえくぼがそのまま答になっていた。

「親の欲はキリがないわね」

内藤よりももっと素敵な王子が四頭立ての馬車でやって来るのではないか……。しかし今は、まどかのこの幸せを精一杯守ってやることだと、新子は灯をふやす大阪の街を見ていた。

私の中の母から娘への手紙

内藤家から破談の使者がやって来たのは、年も明けてまもなくのことであった。

四月二十日には挙式と決まって、なにかと気忙《きぜわ》しい正月を終えたばかりの山谷家を訪れた仲人は恐縮しきっている。

「それで何ですかいの」

と、姑のシヅが膝を進めて詰め寄る。

「この新子が、つまり花嫁の母親が若すぎる、それが理由やと言わはりますのんか」

「へえ、それがそのう……」

「はっきりと言うてもらいまひょ。この若い母親に何ぞ落度がありましたんかい」

「へえ、実は……申しあげにくいのですが、内藤が療養所時代に、そのう、こちらの先生にえろう可愛がってもらいましたとかで」

シヅは膝をまわして新子を見る。その眼にあからさまな疑いの色があった。

新子はさきほどから憤りのためにがくがくとふるえていた。

「お姑さん」

わかってください、は声にならず、新子はこぶしを握りしめていた。

光男の頬も引きつっている。

「仲人さん」

新子はキッとまなじりをあげて仲人の顔を見た。ふるえはもうおさまっていた。

「私には身に覚えのないことです。おそらく内藤君もこんな騒動を知ったら呆気《あっけ》にとられることでしょう。どこから出た噂か知りませんけど、決着はつけてもらいます。つまり、内藤さん一家にきちんと詫びを入れてもらうのです。私にではなく、私の娘と私の夫に対してです。よろしいですね」

内藤家と山谷家が出会ったのは、みぞれまじりの雨が降る夜の仲人の家であった。

内藤家親族代表は功の叔父の弥三郎で、扇子袴に威儀を正して待ち受けていた。山谷家からは光男と新子の夫婦にまどかが同行した。

「さあ、内藤さん、私の夫と娘に手をついてあやまってください」

と、新子は物静かにうながした。

弥三郎はしばらく咳ばらいをしたり、扇子を持ち換えたりしていたが、思い切ったようにガクンと膝を折ると、

「まことにもって申しわけありませんでした」

と平身低頭したのだった。

まどかの顔が血の気を失っている。光男は緊張のときの癖で、まぶたをひくひくさせている。

新子は、こんな場面を映画で観たなと思うほどのゆとりを見せて、平然と弥三郎のうすくなった頭髪が汗をかいているのを眺めていた。

絹糸の指にくい込む愛ならん

両家のしこりが、弥三郎の扇子一本でおさまるはずもなく、挙式の相談も何もないままに、四月二十日がやって来た。

式場である京都の八坂神社は満開の桜である。花の明るさに馴れた目には人の顔さえさだかでない拝殿のくらがりが救いだった。

境内にも回廊にも人はあふれて、その中を花嫁姿のまどかが歩く。父親似の細いうなじにはらはらと花が降りかかる。

「まあ、かいらし花嫁はんやこと！　浜木綿子《ゆうこ》に似といやすなあ。ホレ見とうみ……」

「ほんになあ。そやけど、あんなひよわい娘《こ》ォが、バイクなんか乗りやすのやろか」

「内藤はんでは土蔵に畳の間ァ作って、そこを新居にと言うておいやしたんやけど、別の所へ住みやすのやそうで」

「ほならあの村のしきたりのアルバイトもしやはらへんのやわなあ。嫁はみーんなバイク乗ってよう稼いどいやすけんどねえ」

回廊雀のおしゃべりが新子の耳にも入って来る。そうだったのか、内藤の家ではそういう嫁取りのつもりだったのか。それで、あらぬ噂までたてて破談にしようとしたのだったか。新子は花嫁の控室からずっと指に巻きついたままの絹糸が、指先を紫に鬱血させているのに気がついて、くるくると糸をほどいた。胸の中で晴れていくものがある。

因習の村へ嫁ぐからといって、今の世に家対家の婚礼でもあるまい。まどかは内藤功の妻になるのであって、内藤家の土蔵へ嫁にゆくのではない。遠い日の自分の嫁入り風景が新子の瞼の裏で明滅した。

照る沼に子を置きざりの六月来《く》

六月の雨の晴れ間に、新子は姉の正代と連れ立ってまどかの新居を訪れた。

沼の端という小さな駅から夏草の繁る道をたどっていくと、前にうしろに蛙の声が湧く。沼にさしかかる繁みにパラソルの人影が立っている。

「どうしたの、まどか！」

正代が新子よりも早く走り寄る。

「うん、どうもしない。迎えに出ただけよ」

というまどかの声にも力がなく、何かあるなと、新子の胸はたちさわいだ。

「どうしたの、まどか」

正代はまどかの新居にすわってからも、おなじ問いをくり返している。

わずか二ケ月で、まどかは人が変わったようにしょんぼりしている。

「そりゃあ一級建築士さんやもん、毎晩帰りがおそいのは仕方ないけど、そのほかにも何かあるの」

この沼の畔《ほとり》の新居は内藤の村からも近い。あることないこと、いろいろないやがらせがあるのではなかろうか。

それとも、この子はまだ女のよろこびを知らされていないのではあるまいか。そういう不安やいらだちが、一人住まいのさびしさを助長しているのではないかなど、新子は母親の直感で思うのである。

「とにかく」

と、正代が気分を変えるように言った。

「新居を大阪へ移しましょ」

蛙の声がまたひとしきり高くなった。

病む

大阪の正代の近くへ新居を移したまどかは日増しに元気を取り戻していった。

昭和四十五年には陽も大阪の大学へ進み、日曜日には姫路よりも大阪の正代やまどかと過ごすことが多くなっていた。

陽は内藤を実の兄のように慕って、あれこれと男同士の話もよく合うふうであった。

「ぼくたちが婚約したとき、陽君は物を言うてくれへんかったよな」

「そんなことあれへんよ」

と、陽が口をとんがらせる。

「いや、そうやったよ。妬《や》いてたんや陽は。この姉さまを功に取られたサビシサよね」

まどかもそばからまぜっかえす。

ムキになっていた陽もカブトを脱いで、笑うとテニス焼けした顔に歯ばかりが白い。陽はまだ恋らしい恋も知らず、スポーツと学業に打ち込んでいるらしかった。

正代はかねてから別居中の夫と離婚して両親を引き取り、まずは生活も落ちついていた。

新子は四囲を眺めて思う。

「やれやれ」

と声に出してつぶやく。

新子も吉井川を訪ねることは少なくなっていた。吉井川べりの墓地には祖母がねむっている。祖母にまつわるご先祖のたくさんの墓がある。

一年に一度か二度、新子は一人で吉井川を訪うが、墓地の世話をしてくれているのは正代と別れた義兄の圭次で、どう挨拶してよいものやら、新子を当惑させるのである。

そんなこんなで、新子の足はついつい両親と姉の住む大阪の茨木市へ向く。

昭和四十五年の茨木市は日本万国博覧会で賑わっていた。新子は正代のとめるのも聞かず、茨木に滞在中のほとんどを万博会場へ出かけて行く。広い会場には世界中のパビリオンが建ち並び、押すな押すなの人出に加えて灼熱の太陽が新子をくたくたに疲れさせた。

それでも何かに憑かれたように出かけて行く新子に母の芳江もあきれた声をかける。

「何がおもしろうて毎日行きんさる」

「うん。行かないと何か落ちつかなくて……」

答えながら新子は、自分でも心のどこかがもぎ取られるような不安を感じていた。もともと好きでないお祭さわぎなのに、めくるめく万博会場だけが心の救いの場であるとは、どう考えても尋常な現象ではなかった。

炎天の石に双手《もろて》をついている

昭和四十八年秋、新子は姉と娘に両腕を支えられて、大阪の御堂筋を歩いていた。御堂筋は銀杏《いちょう》並木のはずが、新子の目には黒い槍の枝に見える。その槍の穂先がブスブスと新子の胸に突き刺さってくる。

「もう歩けないわ、姉さん」

「そう、ほんならちょっと休もうね」

三人は近くの喫茶店に入った。

コーヒーとサンドイッチが運ばれて来た。

そのサンドイッチにも黴菌《ばいきん》がうようよで、新子は手に取ることができない。

「おかあさん、今、手を拭いたでしょ。だから大丈夫よ、ほら、おいしいわよ」

まどかが持たせてくれたサンドイッチを床に投げつけた新子に店内の目が一斉に振り向く。

「見世物じゃないよ」と正代がさけぶ。

「もうダメ。連れて帰ってよ!」

三人はまた並木道を歩いて行く。目をとじたままの新子の重みで、まどかはよろめき、ハイヒールのかかとを折ってしまった。まどかは靴を脱いで母親を抱えて歩く。

矢野精神科は辻を二つ曲がったところにあった。新子はぐったりと待合室の椅子に倒れかかった。

名を呼ばれて診察室に入ると、正面に五十過ぎの四角い顔の男が腰掛けている。その男の診察着からも机からも椅子からも黴菌が立ちのぼって新子の方へ押し寄せる。

「名前を言ってみなさい」

「山谷新子です」

「年齢」

「四十四歳です」

「うん、気は確かやな。それでどうした」

「はい、今年の春ごろからですが、何もかも汚くてさわれないのです」

四角い顔の男はメガネをずり上げると、細くてよく光る眼で、新子を上から下へ、下から上へと舐めるように眺め入った。

ギイと、院長の椅子が軋んだ。

「あんたな、正直に答えなあかん。何もかもということはないやろ。何が汚いんや。何と何なのかよく思い出して言うてみなさい」

新子は思わず後ずさりした。

「……夫のさわったものです」

「うん、それから」

「手紙やハガキです」

「ほう、妙なものが汚いのやな」

「夏のころから畳も障子もだめになりました。石鹼からアルコール、クレゾールのうすめ液と進んで、現在ではクレゾールの原液で手を洗っています」

「よしわかった。あんたは立派な強迫神経症や。その中でも不潔恐怖の類やな。しかし、おもろいな、ドアの把手《とつて》と吊革ちゅうのんが一番多いんやけどなあ。家ん中の物とは珍しいで。アッハッハッハ」

矢野院長はのけぞって笑った。

「笑わないで！」

新子は青くなって診察室を走り出た。

入れかわりに呼ばれた姉の正代と院長のやりとりが手に取るように聞こえる。

「かなり重症やな、入院させるか……」

新子はいつだったか光男を伴って出かけた神戸の精神科のことを思い出していた。

あの鉄格子に鈴生りだったうつろな眼。

「まどか、たすけて。入院したくないよォ」

まどかは髪を逆立てた母の肩を抱いて、じんじんと立ちつくすしかなかった。

癒えねばならぬ息子が恋をしたそうな

畳にバスタオルを敷いて新子はすわっている。そこから一歩も歩き出せない。暗くて寒い三畳の部屋だった。

新子は一心不乱に句を書いていた。

理性ではよくわかっていて、どうにもならぬこの病気の苦しみから逃れるために、新子は目を据えて句を書くのである。

乳色のなみだを溜めて秋おそろし

さびしく笑いその首はまた壁へ向く

みるみる痩せて鏡の幅がひろくなる

わが名百書いて心が戻りくる

乱の視野　父母在《おわ》すこと哀しかり

瓶ぐるみ振り撒く強きクレゾール

ある日のこと、ふと目を上げると陽がぬっと立っている。陽はもう長いことそうやって母の姿を見ていたようだ。

「陽、帰ってたの」

「うん」

陽は大学もあと少し。二十二歳の丈高き青年は、ホッホッ残るニキビの痕《あと》さえ好もしく、新子はいっとき病いも忘れた目になる。

「陽、恋人はできたの」

「またまた。まだですよ。いや、ほんの少し兆しはあるかな」

実はそのことが話したくて帰って来たのだと、陽は言いたかったが、この母親のありようではとても切り出せないでいた。

「陽、ごめんね、母さん台所ができない」

「ええよ、その辺で食べてくるから」

外へ出た陽は、来陽軒でラーメンを食べている間も、本屋で立ち読みの間も、青ざめた母のことばかり考えていた。

陽はふと一計を思いつくと、かなり遠い果物屋目指して走り出した。走りながら指でポケットの紙幣を数える。うん、大丈夫だ。

陽はまた息せき切って新子のすわっている三畳の茶の間へ駆け込んだ。

「母さんの大好きなメロンや。ぼくの小遣いをぜんぶはたいて買ったんやぞ。な、食べてくれよ。おねがいや！」

はあはあと息をはずませている陽の手にメロンがある。網目もくっきりと大きな食べごろのメロンである。おいしそうな香りがぷーんと新子の鼻をくすぐる。

「まあメロンやなんて、うれしいこと」

新子はそのとき、はっと何かに背を突かれた思いがした。癒えねばならない。

「陽！」

新子の目に涙が湧いてあふれあふれる。

見れば陽も目にいっぱい涙をためている。

「陽！」

母さんが悪かった、そのことばは喉につかえて、新子はただ、陽の涙を母親として目いっぱいにみつめていたのである。

「陽、メロンを食べる。それからそこの手鏡を取ってちょうだい」

鏡の中には目ばかり光る蓬髪《ほうはつ》の中年女がいる。こんな母親がいたのでは陽の恋もだめになる。早く、一刻も早く癒えねばならない。

新子は渾身の力でバスタオルから畳へ一歩踏み出した。よろけて陽の手に縋《すが》った。

「父さーん、父さーん」

と、陽が店へ向かってさけび、店から光男がとんで来た。

「おっ、歩けたやないか。ほら、歩けたやないか！」

新子は、手も触れずにいた机の上の手紙の束を両手でつかんでみせる。

「封を切る気になったんか」

句の仲間に病気を気取られまいとして、この数ケ月というもの、手紙はすべて光男に封を切ってもらい、読んでもらっていたのだ。

「大下白城だったかしら」

ふと新子はつぶやく。

「有名な俳句の人もケッペキが昂じて、いつもアルコール綿を持ち歩いていたそうよ」

「うちの母さんはそんなバカなことしない」

陽の明るい声に光男も新子も笑って、ながかった暗雲も一気に吹きとぶかに見えた。

桃一個一刀ありてわが乳房

しかし、心の病いはぱっと癒えるわけにはいかず、それから一年、新子は幾度も病いの淵に落ちそうになりながら、足をふんばる思いで耐えて、徐々に徐々に立ち直っていきつつあった。新子のまなうらにはいつも、陽のメロンがあったのである。

そんなある日のこと。

新子の部屋にもふたたびの秋がめぐって、柱鏡の中に庭のコスモスが揺れていた。

セーターを脱ごうとした新子は、ふと、右の乳房に引きつるような軽い痛みを感じた。

(何だろう)

下着になって、裸になって、両腕をあげて。どうもおかしい。左手で触れてみる右の乳房の乳頭近くに、コリッとした豆粒ほどのシコリがある。じわじわと汗がにじむ。

乳癌。

打ち消しても打ち消しても、その文字が新子を責める。窓の外の景色も急に灰色になるような……。

（嫁いで二十八年か）

光男との縁を思い、まどかを思い、陽を思い。おどろき悲しむだろう両親や姉を思って新子は眠られなかった。

新子は俳人の的方三水と、夕方の城公園を歩いていた。

三水は広島在だが、どういうものか新子とうまが合って、上京の途次、よく途中下車しては話していくのだった。

その日も午後いっぱい話して話して、三水はそろそろ駅へ行く時間だった。

「三水さん」

ここでいいよ、と片手をあげて歩きかけた三水に新子は切羽詰まった声をかけた。

ふり向いた三水に新子は涙を見せた。

「三水さん、わたし、乳房を切るんです。それが明日なんです」

「……」

「だから、抱いてちょうだい。抱きしめてちょうだい。あしたまで離さないで！」

新子は三水の胸にとび込んでいった。三水の白いワイシャツに新子の口紅がついた。

三水はいったん押し戻した新子を、両手で強く抱きしめた。新子の首のあたりの骨がコキと音を立てた。知らない男の匂いの中で、新子はそれでも忘れられないものをみつめていた。桃の形をした右の乳房一個である。

足をもつれさせて公園を歩きながら、三水は新子をもてあつかいかねていた。

「ね、いいことがある」

「なによ」

「駅前でカエルを食べよう。カエルの美味い店があるんですよ」

「カエルを食べたらどうなるのよ。私はもう命短い女なんだぞ」

「威張るんじゃないよ。新子さんらしくもない。乳癌って決まったわけじゃないんでしょうが」

三水と新子は駅前の炉端焼の店でカエルを二匹ずつ食べた。三水のおまじないが効いたのか、酒がほどよく回ったのか、新子の胸をうすずみ色の諦観が流れていった。

「さよなら、今日のこと忘れてね」

「なんでもないことを祈ってますよ」

「ありがと」

三水を西へ見送って、プラットホームを渡った新子は大阪行きの汽車に乗った。

乳房によ津軽じょんがら響くなり

乳房のところだけくり抜かれた白布をすっぽりとかぶせられた新子は、つめたい手術台の上で身を固くしていた。

乳癌の試験的切開ということで、まわりにはインターンが七、八人もいる気配だった。

白布から顔を出している乳房がズキズキと脈打っているのがわかる。

医師のことばが二言三言あって、乳房がアルコール綿で拭われると、八方へ針を動かす注射が三本打たれたのがわかった。

新子のふるさと岡山は白桃の産地である。白い皿に白桃が一つ、ほんの少し赤味を刷いて、しんとしずもりかえっている。桃にはステンレスのナイフが添えてある。——そんな絵を画いているうちに、白布の外では手術が終わったようである。

たてに八針、横に六針縫われた十字形の傷を抱いて、新子は姉の正代と両親が待つ家に戻って来た。

結果を聞くまでの二週間を、新子は久しぶりに肉親に甘えて過ごした。

ある日は悲観的に大きくえぐられる乳房を描き、またの日は楽観的に父の将棋の相手をしたりしながら、新子はいつになく自分の命だけをみつめていた。

三水のことなど思い出しもしなかった。

出発

乳房のシコリが単なる乳腺腫と判明した日の十月の空を、新子は抱きしめた。

「ああ、しばらくは生きられる」

無性にどこかへ行きたかった。誰彼なしに逢いたかった。

逢えば新子は言うだろう。

「生きているってすばらしいことですね！」

新子は生まれて初めて、いのちが惜しい自分にめぐり逢った思いである。

癒えて訪う奈良に十一月の鹿
鹿の背は人より温《ぬく》しそう思う
たそがれのフランスパンを抱く男
秋ざくら四十九日を越える坂
寒し寒しと仏の弟子の薄き足

奈良を訪ねて句会に出て、公園の道をそぞろ歩いていた折、向こうから一人の青年が大股で歩いて来るのに新子は思わず声をかけた。

「あ、拓郎さん」

生きているってすばらしいことね、と言おうとしたのだが、拓郎は長い脛をきっちり合わせて直立不動の姿勢をとると、

「こんにちは」

と言うなりすたすたと行き過ぎてしまった。

拓郎は「川柳ジャーナル」時代の誌友である。句会で折々出会うのだが、ポキポキとして折目正しく、自分のほうからは新子に近づくようすもないのだった。

「まるで自衛隊サンね」

と、連れの小野礼子が言うのへ軽く笑って、新子はもういちど神沢拓郎の広い背中をふり返った。なぜか心に残る背中は肩をすこし揺すりながら、石垣の角を曲がるところだった。

煮える胸水がしずかに下りてゆく

そのころ、新子が所属していた川柳ジャーナル社では内紛が続いていた。

大阪に河崎秋二という老作家がいて、かねてから新子に目をかけていた。秋二は川柳界の長老で、しかも革新系の雄であった。関西の伝統派には岸本水府、麻生路郎、相元紋太などがい

た。新子は古川柳の流れを汲む伝統派から川柳を知ったのだったが、いつのまにかそれは、誰の流れでもない新子流とでもいうべきものになっていた。

秋二は新子を訪ねて姫路へも何度も足を運んでいる。新子は河崎秋二の生真面目な一途さを好きになれなかった。新子は初対面の人の手を見る癖がある。秋二の手は女のように白くてぶよぶよしていた。小柄で唇の赤い秋二が、その女のような手を卓上にあそばせながら喋るとき、新子はその口臭に顔をそむけた。

それでも秋二の新子への思い入れは一向におさまりそうもなかったのである。

「あんたの主人が痩せて清潔そうな人でよかったよ。脂ぎった男だったらどうしようと思っていたんだよ」

大阪弁のイントネーションで秋二がそんなことを言うとき、新子は肌に粟を生じた。

「それが秋二先生と何の関係があるのですか」

私が脂ぎった男に抱かれようがどうしようが、それがどうしたというのだ——新子は大声でそう言ってやりたかった。

「新子は純粋だからね。なるべく美しく生きていてほしいんだ」

「そうですか。それはどうも」

新子は蛇に巻かれる思いである。

「秋二先生、もしかして私をお好き？　でも私は秋二先生を好きではないわ。先生のような人の恋をね、老春というんですって」

そう言って秋二を激怒させてからまだ一と月と経っていなかった。

岐阜で川柳ジャーナル社の総会があった日も、新子は病みあがりを理由に出席しなかった。

岐阜からの電話が入ったのは夜半に近かった。新子は二階へ上がりかけていた足を戻して店の受話器を取った。

「主人を出しなさい、主人を」

秋二のぶるぶる震える声であった。

「夫に何のご用でしょうか」

「何もかもぶちまけてやる。今日という今日は容赦せんからね。あんたは次から次と男を渡り歩いて、神戸に二十七人目の男がいるというのはほんとかね！」

「あっはっはっは。まあ、おもしろい話ですこと。それで、秋二先生はそれを私の夫に言いつけてどうするおつもりですか」

秋二が喉をぜいぜい鳴らしながら話したところによると、秋二が健康状態を理由に代表役を外してほしいと申し出たことから話はこんがらがって来たらしい。代表を辞めて、新子と、もう一人の作家と秋二の三人で『巴地獄』という句集を出したい、とまで、秋二はみんなに喋ったらしい。

「秋二から新子という女狐を離さねばならぬ」

総会はとんでもない方向に走り出してしまった。新子の男ぐるいの噂を秋二の耳に吹き込むのだ。集まった人々は口々に新子をののしった。神戸に男がいる。それが二十七人目だとまことしやかに告げ口したのは、京都在の柄仲次だということだった。

新子は受話器を置いた手で、川柳ジャーナル社への脱会届を書いた。

秋二の鼻下の髭はまだ震えているだろうなと思いつつ、新子はふと人の世のさびしさを思った。

虫の声が湧き立つ夜であった。

　東雲《しののめ》や志などあるごとく

新子が新しい川柳誌を出そうと思い立ったのはその年も暮れて、昭和五十年二月のことである。

昼も電気をつけっぱなしの窓のない三畳で、新子は正月以来の思いごとにふけっていた。

「そうだ」

やるだけやってみようと身体を起こしたのは午後四時に近かった。

新子は郵便局へ走って往復ハガキを五十枚買って戻ると、五十人の一人一人に宛ててハガキを書き始めた。

夜がしらじらと明けてくる。

女いっぴきがこれから立とうとする。男がやって、何人もが何回もしくじった独立をこれからやってのけようというのだ。新子は武者ぶるいする思いである。

五十人のうち、せめて二十人は賛同してくれるだろうかとおっかなびっくりだった返信ハガキは、いずれも賛成の花束をのせて続々と返ってきた。オイルショックで給料カットだの社業縮小だのと世情ただならぬ中の友情と熱意であった。新子は毎日毎日うれし泣きした。こんな涙があったとは信じられない。

岡山の守屋壮平からは「出発の言葉」が贈られて来た。

新子が旗を立てるという
新子が城に據《よ》るという
その深きくれないの鎧に
髪なびかせる女将軍なれば
刀を背負うて馳せ参じよう
百の剛　千のつわもの
おのおの不敵の面魂を持ちて

守屋壮平は新子の深く敬する作家である。新子はこの「言葉」を巻頭に飾ろうと心に決めた。「髪なびかせる女将軍」にわくわくした。

巻頭の言葉、祝いの言葉、作品、千字の発言、評論と、全国から寄せられた原稿をまとめて、新子が四国の丸亀市へ行ったのは、三月のなかばである。

丸亀市には小説家の本木加恵をはじめ、川柳のともだちが数人待っていてくれた。

本木加恵の知りあいの印刷所で世話になる手筈であった。

「来たわ加恵さん」

「待っていたわ」

ところが、その印刷所ではもののみごとに断わられた。次の印刷所もその次も、その次も断わられた。

「百ページの雑誌を千冊です。ここに二十万円あります。タイプでいいから作って下さい」

新子は呪文のようにそう言っては原稿の風呂敷包みを解こうとするのだが、店員も奥からメガネ越しにのぞく店主も、原稿を見ようともしてくれない。

「そんな無茶な。二十万円で今どきどんな雑誌が作れますのや。よそを当たって下さい、うちは三十万円でもしんどいわな」

メガネの店主はそれっきり物も言ってくれない。返事もしてくれない。

「センセ、あきらめるしかないでよ……」

と、車を運転している小島洋生が言う。

「おねがい、もう一軒当たってみて」

そうしてその印刷所もだめとわかったとき、新子はいきなり車道に身を伏して泣いた。

「どうしたんな。おい洋生、新子さんが泣いとる。何とかせな。はよ、はよ！」

とあわてたのは高校教師の高坂帆生である。

新子は洋生に抱き起こされながら少女のころを思っていた。父と岡山の街へ出て、「少女倶楽部」が売り切れていたときも、こうして道のどまん中へ泣き伏したものだった。

(恥ずかしや、あのころからちっとも成長していないわ)

「ごめんなさい」

と、土を払うて、あと一軒。そこがだめならあきらめると言い切った印刷所で、引き受けてもらうことができた。

細谷印刷所。この名前を終生忘れることはないだろう。新子は深く頭を垂れて感謝した。

往路は夢中で見えなかった景色が見える。四国は菜の花の風の中、新子は空の風呂敷を胸高く抱きしめて帰路についたのだった。

追いかけてくる誠実な靴の音

神沢拓郎が新子を訪ねて来たのは城の桜がちらほらとほころびかけたころだった。

拓郎はのっしのっしという大股で、きゅうくつそうに店を通り抜けて、茶の間へ正座した。

「神沢拓郎です。改めてよろしくお願いします」

「こちらこそ」

拓郎の肉厚の一重瞼が強い目の光をたたえている。新子も目を外らさなかった。

拓郎は小半日も正座を崩さずに新子の話に耳を傾けていた。

夕暮が近くなっていた。

「何か疑問点があれば言って下さいね」

言いつつ新子は台所へ立った。

「新子さん」

拓郎が茶の間から声をかける。

「はい、何でしょうか」

「実は、何もかも一人では大変だと思うんです」

「はい」

「それで、それでです。もし私でよろしければせめて、会計なりと担当させてほしいと、思うわけです。いかがでしょうか」

拓郎の言葉はぽきんぽきんと折れるような口調だが、誠実さにあふれている。

「ありがとう」

新子は包丁の手をとめて、拓郎の前まで来ると正座して手をついた。

「お願いします」

「ありがとうございます」

人が見ていたら儀式のようだろうなあと、新子は心の中で思っていた。

拓郎もまた、どうしてこうもギクシャクするのかと思っていた。

新子が新しい川柳の雑誌を出すと知って、ハガキで賛成はしたけれど、拓郎はとことん自分で物事を確かめなければ気のすまぬ性格だった。そうして今日、新子を訪問して、彼女が何をやりたいのかがよくわかったつもりである。その上に、新子の心意気みたいなものが拓郎を新しい雑誌運営にまでのめり込ませようとしている。

「丸亀へ預けてある原稿ですけど」

拓郎を送って出たバス停でバスを待ちながら新子が言う。

「まだ雑誌の名前をね、考えてないんです」

「ほう、それはまたのんきな」

拓郎が初めて白い歯を見せた。

「私が独立でもできたら使おうと思っていた名があるんですが」

「それを下さい。ねえ、何ていうの」

「川柳展望というんです」

バスが来て拓郎が乗った。

その背中へ新子は弾んだ声を投げた。

「ありがとう。川柳展望にするわ！」

したたかに二人三脚ころびけり

拓郎から手紙が来て、お訪ねした日の編集ぶりはどうにも気の毒やら手際が悪いやらで見てはおられないので、会社の休みの日だけでも、手伝いに行かせてもらっていいだろうか、とあった。

「それから」

と、拓郎のまろやかな字がさらに肩をすくめるように小さくなって、

「今日を境に、新子さんを私の川柳の師と決めました。先生と呼ぶことをお許し下さい」

と、書いてある。

神沢拓郎三十三歳。新子四十六歳。

どこまで続くかわからないが、「川柳展望」の二人三脚が始まったのである。

まもなく花の季節がやって来る。

城の桜が満開になったなら、いちど拓郎の家族を招待しよう。彼の奥さんとも仲よくなって仕事の協力も頼まねば、と、新子は心が浮き立ってくる。

二階の窓から見る城公園のあたり、暮れなずむ春の夕方に、心なしかぽっと明るいのは桜のつぼみもほころんで来たのにちがいない。

拓郎が妻と子を連れて来たのは、それから日ならずしてであった。

この春一年生になる男の子はぴちぴちと愛らしく、その妻も細面に着物の似合う物静かな女性であった。

四人で城の桜径《みち》を歩く。

男の子は仔犬のように前になり後になり、樹の繁みにかくれてはまた、どこからともなく現われて、寸時もじっとしていない。

「子供は元気でいいわね」

と、夫婦をふり向いた新子は、あわてて目をそらせた。

拓郎が妻を横抱きにして柵を越えさせるところであった。

それはそれでいいのだが、女の眼つきが気に入らなかった。「ね、新子さんもご主人にこうしてもらってますか。わたしたち、こんなに仲がいいの。あなたの入って来るスキマなんて針ほどもないのヨ」——その女の足袋の先がぶざまに足の指の形をつけている。

「きらいよ！」

新子はとどめようもなく口に出してさけんでいた。

拓郎はぽかんとし、新子は暗い家で留守居している光男を思って涙ぐんだ。そうして不意に男の子を追って走り出していた。

家出

小野礼子や神沢拓郎に加えて新子の家には急に人の出入りがしげくなった。

光男の傷痍への厚生省恩給局からの通達は何度も差し戻されて、光男は日増しに苛立っていた。

「川柳展望」の旗揚げに酔う面々は熱をこめて文学論をたたかわし、編集が終わったといっては乾杯、発送がすんだとよろこんでは乾杯乾杯で、新子の茶の間は湧き返る。

そんな中で、広島から泊りがけで詰めていた奥西敏哉が声を張りあげて店へ声をかける。

「なあ、おとうさん、ご主人！　こっちへ来て一緒に飲みませんかね」

「おれは酒飲みは好かん」

そう言いながら光男は茶の間の障子を摑んで立ちふさがる。

「ましてやな、昼間から酒とはあきれて物が言えんわ。それに、家は旅館やないのやから、みんな宿を取ったらどうや。大体新子がだらしないからこのザマや！」

「すみませんでした」

「ごめんなさい」

集まった人々はしゅんとして、酒の味も急に不味《まず》くなる。

酒をすごすと横になるのが癖の奥西敏哉もびっくりしてすわり直し、両のこぶしを膝にそろえて神妙な顔である。

「おとうさん」

新子は光男を店の方へ押し戻しながら声をころして言う。

「みんな展望の手伝いに遠くから来てくれているんやないですか。おとうさんもビールぐらいつきあって下さいよ」

「おれは飲まん」

「それやったら二階で音楽でも聴いて休んだらどうですか。店はわたしがします」

「おお、そうか」

光男のひたいに青筋がむくむくと出てくる。

「要するにおれが邪魔なんやな。店もおれがいなくてもやっていけると言うのやな。それならずーっと二階で寝てやるわい！」

声は茶の間へつつ抜けである。

足音も荒く光男が二階へ去ると、茶の間の空気が少し和む。

「ごめんなさい、あの人、戦争の傷が痛むんですよ。決して悪気があってのことではないのよ。

みんなも気にしないで。さあ、敏哉さん、気分直して、ね」

神沢拓郎は、そうやってとりつくろう新子を悲しげな目でじっと見ていた。自分が先生と決めた人の不幸がやりきれない思いである。何とかして新子を心から笑わしてやりたいといちずに思い込むのである。

旅に連れ出そうか。

それとも海へ供をしようか。

いっそのこと不便でも自分の家へ編集部を移そうか……。

抱かれたくなる不意打ちのロック

拓郎が新舞子の海へ新子を誘った日、新子は友人である詩人の藤川晶子にも声をかけた。

海はもう暮れがての鈍色《にびいろ》の光をたたえて、松林の向こうにひろがっていた。磯の香が新子の鼻をくすぐって、泣き出したいほどのうれしさである。新子は深呼吸をくり返す。

「わあ、久しぶりの海よ。少女のころがなつかしいわ！」

「よかったわね新子。でもあんた、もしかするとカナヅチじゃなかった？」

晶子に言われて、そうだったわ「どうすべェ」と新子ははしゃぐ。

拓郎が車のタイヤほどもある浮袋を抱えて戻って来た。

「ハイ、先生はこれでどうぞ」

あははは……と三人笑って、まずは準備体操である。

晶子はオレンジ色の水着をつけて、しなやかな鹿のように美しい。オイッチニ、オイッチニと、彼女は何事にも真剣なのである。

ふと見ると、拓郎が向こうむきになって屈伸運動をしている。肩幅が広く、逆三角形の背中が西日を受けてぬめぬめと輝いている。

「拓郎さん、あなたの裸ってきれいねえ」

晶子が目ざとく拓郎の背中へ声をかける。

「はい、私はまだ若いですからネ」

拓郎がおどけて、股の間から顔を出してアカンベーをしてみせる。

新子は四十八歳の白い肉体をもてあましていた。どう見ても肉があまってスマートな水着姿とは縁遠い。砂にもぐりたい心境だ。

「わたし、ウェットスーツ買うのやった」

「何言ってんのよ、さあ泳ごうよ」

浜には人影ももうまばらである。

晶子のあとから新子も海へ入っていく。拓郎は早くも沖へ沖へと抜手を切っている。

浮袋をつけてぽかりと水に浮く。

仰向いて、潮に身をゆだねていると、ほんとうにいい気持ちだ。

風がやわらかく、太陽はすでにやさしく、新子はこのまま永遠に流されていたいとねがった。どれぐらい時間が経ったのだろうか。

新子はつい、うとうととしていたような気もする。

不意に、まったく不意に強烈なロックが身を揺さぶったような！　その瞬間、新子のからだは天へ突きあげられ、甘美なくらげのたゆたいが新子にこの世を忘れさせたのである。

「いやだわ、海の中でエクスタシーなんて」

ひとりごちて顔を洗って、新子は浮袋の身を起こそうとした。けだるい脚を水の中へおろしていって、驚いた。

水が冷たい。見渡すと浜ははるかにかすんでいる。しまった、引き潮に乗ってしまったのだ。拓郎の姿も晶子も見えない。

新子はあわてて、両手で水を掻き、懸命に足をばたつかせて浜へ向かって泳いで行った。

紫のアザと出てゆく炎天下

光男が「出ていってくれ」と言うまで、新子は光男の苦しみがわからなかった。

派手なことが一切きらいで、静かに暮らしたかった光男にとって、このところの新子のまわりは目にあまって仕方がなかったのだ。

「仕事をするならおれの目のとどかないところでやってくれへんか」

ある朝、光男にそう切り出されても、なかなか納得のいかない新子だった。

「おとうさん、それは違うでしょう。わたしは何をやるにもガラス張りがいいと思って。つまり、少々めいわくかけても、おとうさんの目の前でやりたいのよ、いけませんか」

「ふん！」

光男は気分が悪くなるときの常で、くちびるを引きつらせながら言いつのる。

「かっこいいこと言うな。おまえが川柳の仕事にかこつけて何をたくらんでるか知らんとでも思っとるのか！」

「わたしが何をしたというのですか」

新子は机がわりのコタツ板に手をついて起ちあがった。光男の薄い胸が波打っている。

「おまえはな、おれよりもよその男に親切なんや。おれのこと放っぽらかして、色目ばかり使いやがって」

「何ですって⁉」

「拓郎か敏何とかか知らんけど、どっちが好きなんや、言うてみんかい」

新子は光男の胸に顔がつくほど近寄って、きっと顔をあげて光男を見た。

「おとうさん、わたしの目を見て、もういっぺんその言葉を言いなさい。そしたらわたし、出て行きます」

「おお、何べんでも言うたるわい。さあ、こっちへ来いッ」

——また光男を怒らせてしまった。と思ったときはおそかった。髪を引きずられながら新子は、家を出たほうがよいと思った。

離れに暮らしていた甲太とシヅの老夫婦は光男の弟の家の近くへこの春引越して留守である。光男の両親に知られずにすむことはせめてもの幸せであった。

ともかく家を出よう。

新子は紫に内出血した頰にメンソレータムを擦り込むと、日盛りの道へ出た。目がくらくらとした。

手提袋には「川柳展望」の会員及び誌友の住所録と、残高わずかばかりの普通預金通帳を入れてある。

「さて、どこへ行こうか」

メンソレータムを塗った頰に電車の窓の風を受けて、新子はいっそすがすがしかった。

光男を怒らせることばかりやってきて、いまさらにすまない思いである。

別れたほうがいい。そして、やっとその秋《とき》が来たのだと新子は思う。

しかしながら「川柳展望」を今やめるというのも心残りであった。神沢の顔が浮かび、丸亀で校正を引き受けてくれている高坂帆生の顔が浮かび、誰彼の顔がわっと押し寄せて来る。

行き暮れて買う牛乳とビスケット

神戸で阪急電車に乗り換え、大阪に近づくにつれて新子は迷いに迷う。大阪駅前に編集室を構えるなどは夢のまた夢である。どんな小さなビルの一室でも、敷金二百万に家賃十五万は取られると聞いている。

大阪の一つ手前の十三《じゅうそう》という駅で新子は降りた。ここで阪急電車の京都線に乗れば両親や姉の住む茨木市へ着く。

いくじない話だけれど、しばらく羽を休めさせてもらおう。

十三の駅で牛乳を買って飲んだ。

父はどう言うだろう。母はきっとこう言うだろう、昔のように。――おお暑い中をよう来たよう来た、ふーん、そんなことがあったんかい。いいとも、もう山谷の家へは帰さない。あんたはうちの娘じゃ、親子じゃないか。粥をすすっても新子の一人ぐらい一緒に食べられるわいな。安心して休みんさい――そこまで母の声をたどって新子は牛乳にむせた。

父母の家の近くの小さな公園には夾竹桃《きょうちくとう》が咲き、ひまわりがぐったりと首を垂れている。すべり台からやっと三歳かと思われる女の子がすべり落ちて「ママー」と、母を捜している。砂まみれの泣き顔がかわいい。

公園を横切って「櫟田」と筆太に書かれた門のベルを押す。

中から荒い足音がして母が細目にドアを開けた。

「はよう入りんさい、みっともない」

母の芳江は押しころした声でそう言うと、新子の二の腕を摑んで引きずり込んだ。

応接間には父と姉が額を合わせるようにしてすわっている。

ただならぬ空気にたじろぐ新子へ、

「恥を知りんさい、いい歳をしてからに」

と、芳江のヒステリックな声がふりかかる。

「まあ、おかあさん、この子にはこの子の言い分もあろうじゃないの」

と、姉の正代がとりなしてくれるが、芳江はおさまりそうもない。

「この秋には陽の嫁取りもあるというのに、母親がこのザマでは、破談でしょうな」

新子は応接間の入口に荷物を持って立ちつくしていた。涙が足へ抜けていく。

光男からの電話で、姉は会社から帰り、夕方にはまどかもやって来るという。

こんな、裁きが待っていようとは。

新子は櫟田の門を蹴って走り出した。

人の情一切草に嘔吐せり

日は西へ傾きかけていた。

新子は茨木川沿いの草の道を西へ西へと歩きつづけた。少し離れてパラソルをさした芳江が追って来る。胸にたまりにたまっていたものが突きあげてきて、新子はしたたかに嘔吐した。

「総持寺の駅の近くに学生下宿がある」

追いついた芳江が新子の背をさすりながら言う。

「うん、行ってみるわ」

母と二人で草の道を三十分も歩いた。

芳江のいう学生下宿は、煮えるような西陽に窓の板戸を閉めきっていた。

二階の三畳へ案内してもらった。三畳のうち一畳分は木の作りつけのベッドになっていて、男の匂いがまだ残っている部屋だった。

案内のおじさんは人のいい、乱杭歯をみせて、西向きの窓を開けようとするのだが、窓は釘で打ちつけてあるらしかった。

「原則としてうちは男の学生さんだけやが」

まあ奥さんの歳なら大丈夫でっしゃろ、よかったら、敷金十五万、家賃一万五千円でどうか、ということであった。

「おかあさん、ここでいい。あした敷金を持って来るわ」

新子はほとほと疲れ切っていた。

正代とまどかは新子を案じてさっきから向き合ってすわったままだった。

正代の会社の事務所である。

「ねえ、おばさん。この事務所の二階が近くあくとか言ってたでしょ」

「そうだった。あの住込みさん結婚して出ていくのよ。今日にでも話してみよう」

正代から話を聞いて新子は思案した。姉の会社の二階借りはありがたいけれど、幼い日の姉妹関係をむし返しそうなおそれがある。

正代は妹思いなのだが「決定権をとる」性格があった。長女気質《かたぎ》、姉気取りの親切が押し売りされるのである。

かといって、共同炊事、共同便所の学生下宿もいろいろと厄介なことがあるだろう。何よりも編集室としては狭すぎた。

「姉さん、じゃあここの二階に置いて下さい」

新子は思いきって言った。

「ええよ。でも一人で大丈夫かな。ここは河川敷だから、大声を出しても誰も来てくれないよ。事務所を閉めたらまっ暗よこの辺り。それに二階の下は共同トイレが十も並んでいるから変態者なんかも出入りするらしいし」

正代もまだ迷っているらしかった。

まどかは母の家出について批難がましいことは何も言わなかった。

ただ、ひとかわ目の澄んだ眸《ひとみ》でみつめられると新子は思わず目を伏せてしまう。

「心配かけてごめんね、まどか」

「かまへん、かまへん。おとうさんにもお灸になるわ。でもねおかあさん、気が向いたらおとうさんの所へ帰ってあげてね、ときどきはね。おとうさん身体が弱いから……」

まどかも秋には鹿児島へ転勤の功について行くことが決まっていた。

新子は道端のカラスムギの穂をしごきながらこれからの運命の中に立ちつくしていた。

河川敷

河川敷ぐらしが始まった。

共同トイレの二階へは木の梯子《はしご》をのぼって行く。人一人がやっと立てるほどの踊り場にこれも横になってすり抜けるていどの入口がある。古いベニヤ板に何枚もツギを当ててあって、そら豆のような南京錠がかかっている。

住み込みの男の人が出て行ったあとは大変だったのだ。

七畳という畳表はぶよぶよに波打ち、元は長距離運転手の仮眠所だったそうなあちこちに酒瓶やビール瓶がころがっていた。畳表は酒を吸い、みかんやバナナの皮が黴《か》びて貼りついている。

何よりも新子をおどろかせたのは、押入れの中のねずみの巣だった。たてつけの悪い斜めの襖をこじ開けたとたん、わっと、ねずみの子が散って、新子は尻もちをついてしまった。ゴキブリもわがもの顔に走りまわっている。

「お姉さん、男住居ってすごいね」

正代は大きなマスクから目だけ笑って、

「ここに住むというあんたの方がよっぽどすごいわ」

と、畳の黴をはがすのに余念がない。

「住み込みの人、ほんとにここで暮らしていたのかしら」

「いや、どうやら彼女ができてからはこの部屋、放りっぱなしだったらしいわ。さあ、おしゃべりせんとガラスでも拭きなさい」

姉妹でカーテンを吊り、押入れに紙を貼ってねずみの穴をふさぎ、花ゴザを敷きつめると、どうやら人の住む部屋らしくなった。

数々の罪で改札口すり抜け

正代にうながされて、光男のところへ話しに行く日が来た。

「新子、ほんとうにこんどは別れるのね。あんたは若いときから何べんも出たり入ったりして。少しは自主性を持ちなさいよ。情に負けてはあと戻りするから、こっちも力の入れようがないんよね」

「わかってる。ごめんね、お姉さん……」

姫路の山谷家へ着くと、光男が店の奥にしょぼんとすわっていた。

店のシャッターをおろしてもらって、茶の間で三人で向きあった。

正代がひと膝進めて口を切る。

「光男さん、新子のわがままは、姉の私がよう知っとります。これはもう死ぬまでなおらんでしょうから、この辺で独りにしてやって下さらんでしょうか」

「…………」

光男は膝の上に二つのこぶしを握りしめている。いよいよ痩せてとがった肩がいたいたしい。新子はそんな光男の姿が遠くなったり近くなったりするめまいの中で、これもじんじんと時計の音を数えていた。

「どうなんですか」

正代がせっつくように言う。

「姉さん……」

光男がやっとかすれた声を出した。

「姉さん、夫婦だけで、ちょっと話をさせてくれませんか」

「どうぞ」

正代が裏口から出ていく木戸の音がした。

「新子」

光男は廊下の長椅子へ横になると、少し改まって新子を見た。

「おれはな、あんたにつくづくとすまんかったと思うてる」

「おとうさん、すまなかったのはわたしよ」

光男は苦しげに咳入ってから続けた。

「いや、聞いてくれ。すまんかったというのは、あんたはおれを嫌いやのに今日まで辛抱してくれたことや。嫌いな者《もん》といっしょにいることがどないに辛いか、おれにもわかる。その点なあ、おれはしあわせやった。おれはあんたを好きやったもんなあ……」

新子は声が出せなかった。畳に顔を伏せて泣くばかりである。

そうか、光男はそのことを知り抜いていたのかと、いまさらに申しわけない。

光男は言うことを言ってさっぱりしたのか頬に血の色さえ戻っている。

「おとうさん、ありがとう。よくわかりました。おわびを言います」

「……そんなわけで、申しわけないけどな、籍は抜かんといてほしいのや。その代り、あんたは自由にはばたいたらよろし。今日からあんたは独り身や。ここへ帰って来たかったらいつでも帰ったらええ。しかし、もう夫婦やないのやから、部屋も別にして、ここでも好きなことをのびのびやったらよろしのや」

新子は完全に光男に敗けたけれど、それは爽やかな敗北であった。

思えば三十年ものながい間、虫が好かないという理由にもならぬ理由をつけて光男に反抗してきた新子である。いつも心に他の男を棲まわせ、その男に向かって架空の愛の句ばかりを書きつらねて来た。若いころの光男の暴力も、今にして思えばもっともな気がする。形ばかりで、とうとう心は光男に渡さなかった三十年という歳月が、どっとばかりに新子を襲う。

姉の正代と二人で姫路から茨木までの電車に乗ってからも、新子は窓外の景色も見ないで、涙をこぼしつづけた。

誰よりも今はしあわせ雨沁む靴

新涼の風が吹き抜ける河川敷の編集室では神沢拓郎がトレーニングシャツになって仕事に余念がない。

新子は昼の時間は正代の事務所で伝票整理のアルバイトである。

正代はこの河川敷の一角にかなり広い土地を持つ三虎紙器工業の何代目かの代表取締役になっていた。

正規の事務員のほかに、アルバイトも数人居て、新子もその一人に雇ってもらっていた。

仏のような光男の言葉に甘えながらも、生活費まで無心はできない。

「新子さん」

と、正代が呼ぶ。

「はい」

事務所へ一歩入ると、もう姉妹ではない。

「サービスのマッチを棚へ積んだのはあんたでしょう」

「はい」

「こんな落っこちそうな積み方がありますか。会社の仕事にいいかげんさは許されないのよ」

「はい」

脚立《きゃたつ》にあがって、もういちどマッチの包みを積み直していく。天井にこもった残暑が目に汗をしたたらせる。

「新子さん」

「はいッ」

「この伝票の綴じ方、気に入りませんねえ。ぴしっ、ぴしっと、ね。見てなさい、こうやれば角が揃うでしょうが」

「すみません」

「要するにあなたは半人前の仕事しかできないから時給もみんなの半分の二百円しか出せませんん」

あちこちでくすくすと笑う人がいる。みんなへのみせしめのためとわかっていても、新子は情けなくてくちびるを噛む。

夕方七時、やっと解放されるころには、一日中伝票の数字を見つづけた視力がうすれて川向こうの広告塔の大文字さえかすむのであった。

トントントンと木の梯子をのぼって、拓郎に声をかける。

「ありがとう」

拓郎も原稿の束から目をあげて笑う。

「ごくろうさまでした」

朝食べた食器を共同便所脇の水道まで洗いに行く。手がすべって皿が大きな音をたてる。

「ちょっと、ちょっと、新子さん」

正代の声である。

「はーい」

「ちょっと事務所へ来なさい」

「はい」

事務所では正代が一人、帰り仕度をしていた。

「あんたね、神沢さんと自転車の二人乗りして銭湯へ行ってるってホント」

「ほんとうです。ほんのときたま」

「風呂なら私のところへ来ればいいでしょうに。あんた、それほど二人乗りがしたいの」

「いいえ」

新子の胸のうちで小さな反抗の固まりが、ぐぐぐぐと大きくなってくる。

「お姉さん、アルバイト中はともかく、夕方から夜の九時までは私にとって大切な時間なんです。特に拓郎さんが編集に来てくれている日はいろいろと雑誌の打ち合わせもあるんです。お叱りはまたあした！」

事務所のドアをパターンと閉めたのが新子の精いっぱいの腹いせだった。

九時になると拓郎が帰っていく。バイクに足をかけたまま二階をふり仰いで言う。

「先生、このところ物騒ですけん。ほら、隣り町のわらび取り殺人、あれがまだ解決してませんけんね、夜中のトイレは危ないですよ」

拓郎はくつろぐと島根訛りになる。

二階から手を振って拓郎を見送ると、天下晴れて一人である。

しんしんと夜が更けていく中で、新子は句を書く。一心不乱のこの時間にこわいものは何もないのだ。

天に一人地に一人一合の飯拝む
風呂まで三里唄も出つくしまだ一里
秋風に隠れ棲むとは申さじよ
竹のごとく父は悲しむ父の部屋
工場の裏を歩いて強くなる

句は五十句、六十句と湧くように出てくる。

さあ、そろそろ眠らねば。

正代は午前七時には出勤してくる勤勉な女社長である。寝坊してると叱られる。

耳をすますと虫が鳴いている。汽笛が妙に近いのは、あしたは雨なのかもしれない。

朝はたくさんの雀が来る棺桶

新子には朝六時の仕事がある。

この河川敷の建物めがけて飛んでくる百羽の鳩に餌をやる仕事である。

河川敷にぽつんと一軒の建物は「大きな棺桶だあ」と新子は思うことがある。

その四角いモルタル小屋の二階の窓には鳩よりも先に雀が集まってくる。

ちゅん、ちゅん、ちゅ、ちゅ、起きなさいよ「もうすぐ社長が来まっせ」と姦《かしま》しい。

雀にパン屑と、社員弁当の残りごはんを洗ってやる。

鳩には雑穀の餌が用意してある。

新子の朝の仕事は、正代に言いつけられたものではないが、ここに住んでいるからには自然と新子の仕事になってしまったものである。

そろそろ朝日が昇って来た広場に、ごろんと寝っころがっていると、雀やら鳩やら、あの用心深い鴉までが近寄ってくる。

ここに来たころは……と新子は空を仰ぐ。

ここに来たころは、川の牛蛙《うしがえる》の鳴き声がおそろしくて眠れなかった。そしてその夏が過ぎ秋が過ぎ、びゅうびゅう電線を鳴らす北風の冬も乗り切って、河川敷にはいちめんの菜の花が咲いた。

そしてこの夏。

そうだ、今年の夏の弁天さんの花火の夜のことだった。

「川柳展望」の編集期には、拓郎のほかに三々五々の助ッ人がやって来る。

「今夜の花火はすごいわよ。みんな楽しみにしていてね。花火ってね、ここのはわーッと押し寄せてくるのよ。まあ、心おきなく茨木弁天さんの花火を浴びて行ってちょうだい」

新子は夕方からはしゃいでいた。

「ちょっと買物に行って来ますね」

自転車に乗って、茨木川沿いに東の商店街まで行く。外はそろそろ暮れかけていた。

坂を降りてしばらく走ったあたりで、前を行く軽トラックが穴ぼこにはまったらしく、大きくバウンドしたのである。

あっと思ったとき、その車から何か振りおとされたような気がした。

新子は急ブレーキをかけた。

小犬か猫ほどもある鯉を拾って帰ったときの一同のおどろきを今でも思い出す。

あの時、新子は歯こぼれの菜ッ切り包丁で大鯉をみごとにさばいてみせたのだった。

河川敷ぐらしが新子を変えてゆく。

流れつつ美しい日がまれにある

父が木の梯子をのぼって、コツコツとベニヤ板のドアを叩いた日曜日。新子は一人で発送封筒の宛名を書いていた。

「新さん、元気かな」

「まあ、お父さん」

父の隆正は八十三歳になる。

「どうやって来たの」

「自転車じゃ」

「危ないことを……」

「なに、まだ大丈夫じゃ。それよりも川柳の仕事はうまくいっとんのかな」

隆正は、二人きりの娘の二人までが、亭主とうまくいかないのを案じてはいたが、ついぞそのことで何かを言うということはなかった。いつもおだやかで、みんなにやさしい。

新子は父が大好きである。

「今日はな、お母さんの使いで来た。このバケツじゃが」

隆正は照れたときの癖で、なんべんもまばたきをしてみせる。

「この二つのバケツを新子のところへ持って行け持って行けと、こないだうちからやかましゅう言うとんのよ」

「どうするの、バケツを二つも」

隆正が言うには、母の芳江は河川敷の新子のことが気になってこのところ夜も眠れないのだと。そこで、バケツの一つにはこぶし大の石を入れ、もう一つには水を張って、新子の小屋へそっと置いて来るように隆正に頼んだのだそうである。

「どうするのかしら」

「ほれ、新さんがいつか言うとったよな。このごろ暴走族が夜おそく走りまわるいうて。そのための石くれじゃそうな。それから水は野犬用じゃ。犬は石を投げても向かってくるが、水には逃げて行くからのう」

新子は親のありがたさにうなだれた。

暴走族の若い子が、この小屋の二階の灯をおもしろがって駆け上がって来たら大いに歓迎するわ。野犬だって、おまじないのチチンプイプイで去って行くわよ、と、強がりながらも、実際には灯を消してドキドキと通り過ぎるのを待っていたのだ。

「それから、陽のことじゃが」

「ああ、結婚式にはお父さんもぜひ出てね」

「いやその、光男さんはどうされるのか」

「光男も、もちろん出るわよ。陽の父親ですもの」

今日もこれから姫路へ帰るという新子に、隆正はほッと微笑を返すのである。
父にも母にも不孝を重ねながら、新子はいきいきと美しい日々だった。

出逢い

新子が姫路へ帰ったその日、珍しく客があった。

客は番傘川柳社の岩村玄想である。玄想は拓郎の先輩格で、ひたいの禿げあがった五十がらみの男であった。整った顔立ちに目が聡明さをかくせずにいつもギラリと強い光をたたえている。玄想は「川柳展望」発足の直後に、これも番傘川柳社同人の蛭川美恵を伴って神沢拓郎の家を再三にわたって訪問していた。拓郎に「川柳展望」への協力を思いとどまらせるためであったらしい。

玄想は新子と向かい合って坐ると、しきりにひたいの汗をぬぐった。

「川柳展望はうまくいってますか」

「はい、おかげさまで」

「出発が少し早すぎたのとちゃいますか。あんたはん、いくつでしたかいな」

「四十六歳で出発しまして、今年四十九歳になりますが」

それがどうかしたのかと、新子は内心いらいらして麦茶をすする。

「世の中にはいろんなことを言うのがおりますさかいな、まあ気ィつけとくれやっしゃ」

「わたしが四十代だから力不足といわれるのでしょうか」

「いやいや、そやない。何せ拓郎が血気さかんな上に、直情型ときてますさかい」

この男、何が言いたいのだろうか。新子は客の真意をはかりかねて、扇風機の風を強の方へまわす。ぶーんと小気味よい音だ。

「新子さんの独立が五十代やったら、もう誰も何も言いまへんけど、ちょっと若すぎた」

まわりくどく奥歯に物のはさまったような玄想の話によると、新子と拓郎のあまりにぴたりとイキの合った師弟ぶりに、男と女としての噂がとびかっているということらしかった。ことにも河川敷以後は。

新子は玄想と親しい間柄ではない。親しくもない人が、わざわざ訪ねてくれての忠言をどのようにありがたく受け止めればよいのか。

「展望発足のころは心配しましたよ。何せオイルショックに給料カットでっしゃろ。新子さん、そのころ拓郎の会社でも給料カットがあったこと、ご存知でしたか」

「知りません」

「お金預けていて何の心配もしはらなんだ」

「はい」

なんとネンネだことよという顔を玄想は見せ、新子は新子で、なんという下衆なかんぐりをする人かというあきれ顔で、四つの目はがっきと斬り結んだ。

世間からこんなふうに見られていて一言も泣き言を言わぬ拓郎がいまさらに愛しかった。拓郎は新子の中で実の弟のようにも、実の兄のようにも頼りがいのある男であった。

涙の木それ見たことか見たことか

「おとうさん、この抽斗《ひきだし》の中の財布を知りませんか」

新子は夕食の買物に行こうとして、鈴のついた縞の財布を捜している。縞の財布は手擦れしてよれよれだけれど、家計費の入れ物として、もう三十年も茶簞笥の抽斗に入っていたのだ。

「ここにある」

光男は夏でも愛用している腹巻をたたいてみせた。

「買物に行きたいのですが」

「ああ、買物ならおれが行く。それに冷蔵庫の中、見てみ。いっぱいやろ」

開けてみると、冷蔵庫の中はなるほどいっぱいだった。げんのしょうこ、朝鮮人参、しいたけ、根こんぶ、柿の葉漬、ニンニク、蜂蜜、乾燥まむしの瓶詰、リポビタンD……。

「おれなあ、自然食品の店へ行っとんのや。好きなもんあったら食べてええよ」

新子はぶるると身ぶるいした。財布を持たせてもらえない女は主婦ではない。別居して一年のあいだに光男はみごとな主夫に変身していたのである。

「いいわ、おとうさん。わたしはパンが欲しいから、ちょっと出て来ます」

外へ出て、ふらふらと喫茶店へ入った。

パンをかじってコーヒーを二杯飲んだ。成田空港へでも行きたい心境である。成田では五月二十日に開港はしたが、まだまだ坐りこみは続いているはずである。反対派の人たちのあいだへ坐って、自分が何者かを考えてみたい。

きちんと離婚もせず、完全な独立もできず。親や姉に助けられながらの半独立の中で、光男への思いやりから片道三時間の電車やバスを乗りつぎ乗りつぎ戻ってくる。戻ってすぐに箒を持ち雑巾をしぼって掃除にかかる。洗濯をする。光男のシャツにアイロンをかける。そうやっていながら妻という名の妻でない女は、この家の他人だった。

山谷の家で三日の日が過ぎた。

新子は三畳のコタツ板の上で持ち帰った川柳作品の選をしていた。「展望火の木集」と書いた布袋にいっぱいの応募句稿である。

三畳のコタツは畳を四角に切ってあって、冬は電気を通し、夏は電気を切る。コンクリートでかためた切りコタツは足を入れるとひやりと冷たくて気持ちがいい。新子は二階の陽が出ていったあとの机を使わず、夏も冬もこのコタツ板を机がわりに使っていた。

三畳の茶の間は店のすぐ裏側なので、店のようすが手に取るようにわかる。

店には近所姑の一人が来ているらしかった。

「それにしても光男はん、奥さんに好き放題をさせて、えらいなあぁんた」

「………」

光男はだまっている。

「これだけ旦那さんを放っといて何ともないのやろか。うちがこんど新子はんに説教したげまっさ」

それでも光男は何にも言わない。実は家内は今戻っています、と決して言わない。

「洗濯なんかどないしとんの」

「………」

「もうあんなひと別れなはれ。あんたかてまだ若いし、ええ縁もありますわいな」

そこへ、もう一人の近所雀がやって来たので新子けなしはどんどんエスカレートする。

「光男はん、お寿し作りましてん。一皿ですけどどうぞ」

「いやあ、いつもすいません」

新子は礼を言うためにコタツから起ちあがりかけた腰をまたおろした。今出て行って礼など言えば光男の立場は台無しである。

わたしは他人。のこのこ女房づらをしては近所の人も引っこみがつかないであろう。

新子はそそくさと句稿を束ねると、布袋をしっかりと結んで、茨木へ行く用意をした。

「お、茨木へ帰るんか。気いつけて帰りや」

三畳をのぞいた光男が声をかける。

「おとうさん、それじゃ行ってまいります」

日盛りのバスを待ちながら、新子は光男のことばにこだわっていた。「茨木に帰るんか」そうね……。私はもう河川敷しか帰るところはないのだと、涙をこらえて仰向いた。

暑さにけぶった白い夏空に、バス停のむくげの花がゆれていた。

どこまでが夢の白桃ころがりぬ

東京の対流社の海野三郎社長から手紙が来たのは、編集室の窓辺にあじさいが咲きこぼれる六月のことであった。

「はじめてお便りいたします。

実は私、過日、函館の友人（木元治氏）宅であなたの句集『新子』を見ました。驚きました。これが現代川柳というものかと、目を開かされる思いでした。興奮してその夜はよく眠れなかったほどです。

私は、ぜひともこの『新子』に次ぐ第二句集を小社から出させて頂きたいのです。小社では現代川柳選集を出していきたいという企画を持っております。その第一集として、あなたの句集を出したい。ご承諾頂ければありがたく存じます。

実は、あなたのこと、及び、川柳界のいろいろを知りたく、木元氏に教えてもらった東京在の川柳家を数人訪ねてみました。その人たちは口を揃えてあなたをののしりました。新子などの句集を出すくらいなら俺の、私の句集を出してほしいと、自作を見せる人さえありました。そこに見たものは、何とつまらない凡俗の川柳ばかりでした。

私は、仲間からこれだけののしられる新子という人に興味を持ちました。同時に、新子こそ本物だという確信を深めたのでした。

こちらの構想がまとまり次第、御地へ参りますので、どうぞよろしくお願いいたします。あなたの編集室のご住所は、これも木元氏に教えてもらいました。木元氏は川柳界の評論家を以て任じていますし、新子のファンとしてもなかなかの見識を持っております。解説は彼に書いてもらったらどうかと、もうそんなことまで考えています。では万々よろしく。」

新子は夢かとばかりうれしかった。

海野三郎という人に宛てて、そのうれしさを手紙にして出した。

新子は今日か明日かと対流社の海野社長の訪問を待ったが、それっきりしばらくは音沙汰がなかった。

あじさいは緑から白へ、白から青へ、そうして赤紫へとどんどん彩りを変えていく。

（あのことは夢だったのかもしれない。ぬかよろこびだったのだわ……）

新子もまた忙しい毎日のあけくれの中で、いつしか海野社長のことを忘れる日が多くなっていった。

大いなる許し真昼の百合ひらく

河川敷の夏は草いきれの中で、煮えるように暑かった。七畳の編集部屋にも拾ってきた木の机が入り、貰い物の書棚が窓辺をふさぎ、一つ一つと殖えた茶碗や皿もそこらあたりに積み重ねてある。そこへ夏の号が届いてダンボール箱が九つ。もう足の踏み場もない。

そのダンボールのかげで、拓郎は夏風邪にあえいでいた。がんばり屋の拓郎が発送の手を止めないのを案じて、新子は正代の事務所からなんべんも戻って来る。名古屋から助ッ人の大井花子が来てくれているのだが、風の入らない部屋ではそのことも気になって、缶ジュースを買いに走ったりしていた。

拓郎が熱のためか血走った目で言う。

「先生の第二句集の礎稿、もう少しでまとまります。リッチな本にしましょう。名前はやっぱり『九蟠《くばん》館』がいいですね」

「あら、第二句集が出ますの、たのしみ」

と、花子がホッチキスの手を止めて身を乗り出してくる。

「そうなの、拓郎さんがまとめてくれているのよ。九蟠というのはね、吉井川のほとりの村の名なの。九蟠村でわたしは取れたの」

「すばらしい名ですこと」

「ね、いいでしょうが」

と、拓郎は風邪の身も忘れたようにキラキラと目を輝かせている。

海野からの電話がかかってきたのはそのときである。電話は正代の事務所の方へかかった。海野が茨木の駅にいるという。

新子はくるっと振りむいて正代を見た。

「姉さん、駅まで行かせてください。東京の出版社の社長が来てくださったの。わたしの本が東京から出るかもしれないの。すぐ帰りますって。二階の二人に言っといてね!」

正代の返事も聞かず、自転車のペダルに足をかけた。むぎわら帽子が風に飛びそうなので、帽子の上からネッカチーフで縛った。

「行ってきまーす」

その声が大きかったのか、編集部屋から拓郎と花子が顔を出したのへ手を振って、新子はペダルを踏みつづけた。

ついさっき、拓郎と『九蟠館』の話をしたことなど遠い昔のことに思えた。

海野社長に会う。海野社長に会えば新子の本は東京から出ることになるやもしれないのだ。

新子はペダルを踏みつづける。

国鉄茨木駅は人、人、人でごった返していた。どの人だろうか。新子は流れる汗もぬぐわず陸橋の下に立っていた。

「山谷、新子さんですね」

その人はグレーの格子縞のシャツにグレーのズボン姿で黒い鞄をさげていた。ロイド眼鏡の奥の目がやさしく新子をみつめていた。頬の剃りあとが青く、顎のあたりに二箇所ほど剃り傷があるのが目についた。

「はい」

新子はむぎわら帽子を取っておじぎした。事務服姿のままでとんで来たのが少し恥ずかしかった。

海野と新子は駅の近くの小さな喫茶店で三時間も話をした。海野が企画している現代川柳選集の(1)として新子自選集を出したいこと。句は詩のように並べたいので、一ページ八句立て、八百五十句ほどにしたいこと。二千部作って定価は千五百円の上製本にすること。

「表紙の色は、もういちど『新子』のあの紫紺色にしましょう」

新子はコーヒーの氷がとけて水になるのもわからぬほど、一心に海野の話を聞いていた。海野はよく透るバリトンで、その声は誠実で熱意にあふれていた。

「よろしくお願いします」

「いや、こちらこそ」

海野は黒いロイド眼鏡の中からふたたびじっと新子を見た。

「句集の名前、いいのを考えたいですね」

「『月の子』ってどうでしょう」

新子は即座に言った。

海野の手紙をもらったときから考えていたのである。

「私の句に、君は日の子われは月の子顔上げよ、というのがあるんです。恋をするなら日月のように、おおらかな恋をしたいと私はいつも考えてきたのです。それに、私の句には月を主題にしたのが多いのです。ね、いかがでしょうか」

「うん、そりゃいい。『月の子』に決まりだ」

句集の名が決まるころには互いに心が通いあって、新子も肩の力を抜いて笑って話せるようになっていた。

「じゃあまた。また近く来ますよ」

海野と別れた新子の心の中は句集『月の子』でいっぱい。夕ぐれの風が頬に快い。

そのころ茨木の町中を、風邪熱の拓郎が新子を捜してバイクをとばしていようとは、思ってもみない新子であった。

月の子

河川敷の編集室には花子がポツンと待っていた。拓郎の脱けた寝床がぐしゃぐしゃに踏みしだかれている。

「拓郎さんはどうしました」

「なんや、血相変えて出ていきましたよ」

「どこへ行ったのかしらね」

花子の話は要領を得ないのだが、拓郎はトイレで正代に会い、新子が東京の出版社の人に会うと言って出かけたことを知るなり、バイクでとび出して行ったというのである。

「先生ね、」

と、花子が言う。

「拓郎さんの身にもなってあげないとかわいそうですよ。彼は先生のことにいっしょうけんめいなんだから……」

拓郎が木の梯子を上がってくる音がした。

「拓郎さん、わたし東京から句集を出すことにした。『月の子』っていうのよ……『九蟠館』はもっと先に出すわ、ね、いいでしょ」

「……」

拓郎は買って来た缶ビールをたてつづけに二本飲んであぐらをかいた。手にはもうホッチキスが握られている。発送すべき「川柳展望」の山がまだ半分ほど残っているのだ。

「拓郎さん」

「もういいです。先生は下へ行って事務所の仕事をしてくださぃ」

「そうはいかないわ。あんたが怒っているもん」

拓郎はくやしさに煮えたぎるうしろ姿でホッチキスを打ちつづけている。

こうと思ったら周りのおもわくなど蹴とばして我を貫く女を師に持ったことを、拓郎は悔いてはいない。しかし、あんまりではないか。句集『九蟠館』の構想がガラガラと崩れていく。

「先生はその何とかいう出版社の社長に言いくるめられたんとちがいますか」

拓郎がうしろ向きのまま、ボソボソと言った。

「そうでなきゃ、二つ返事は軽率ですよ。一応よく考えてからというのが普通じゃないですか」

新子はかッとなった。

「あんたに相談しないと何も決められないの。わたしが私の意志で行動したらいけないというの！　わたしは東京から本を出したいわ。それを即決してどこが悪いのよ！」

花子が何か言おうとした。

「花子さんはだまっててよ。川柳展望が発足してから四年目よね、拓郎さんは実に実に実によくやってくれたわ。展望に、拓郎と、そして四国の高坂帆生がいなかったら、とっくの昔ダメになっていると、みんなそう言っているわ。だからといってこの展望は、拓郎のものではないわ。山谷新子のものなのよ！　わたしのすることが気に入らない人は出て行けばいいのだわ」

こんなことを言うつもりはなかったのに、新子はもうとめどがつかなくなっていた。ついさっき会って別れた海野三郎が恋しい。追いかけて行きたいほどに恋しい。

「さあ拓郎さん」

新子は拓郎の肩へ手をかけて、こちらへ向かせようとしながら言いつのった。

「今すぐ出て行ってちょうだい！」

拓郎は石のように動かない。

花子が空缶や汚れた皿を持って階下へ下りて行った。

トンネル鉄橋トンネル鉄橋人生は

拓郎がくるりと新子の方へ向き直って正座した。こぶしが握りしめられて白い骨を浮かしている。

「先生は親があっていいです」

「何のこと」

「親があるからそうやってわがままが言えるのです。そこが先生のいいところです」

「関係ないわ」

「関係があるのです。私は生まれたときから親がありませんから、先生のようなムチャを言ったことがない人生でした。だから……、だから今も、出て行けと言われて出て行けないのです。そういう分別がついてしまっているんです」

拓郎は目にいっぱい涙をためている。

新子が何か言おうとするより早く、拓郎は白くなったこぶしを畳についていた。

「どうか許してください。今まで通り展望の仕事をやらせてください」

新子はあわてた。

あわてて、拓郎の畳についた手をあげさせようとして、つんのめった。

拓郎の風邪熱にうるんだ目が目の前にある。かさかさ音のしそうなくちびるが目の前にある。

新子は拓郎の大きな胸にとび込んでいった。

「もう知らない。あんたのような人を私は見たことがない」

新子はしゃにむに拓郎の胸をたたいた。

ラーメンの鉢がひっくり返って、畳に汁をこぼした。

拓郎はしずかに新子を押しもどすと、なにごともなかったように仕事にかかった。

「先生、『月の子』の礎稿、私に作らせてくださいますか」

「おねがいします、ありがとう」

満ち潮の音がきこえる浮巣《うきす》かな

陽のところで男の子が誕生したのは九月二十三日のことだった。

小さな愛しい生きものを新子は両の手に抱いた。満月の夜にこの子を捧げてどこまでも歩いていきたいと思う。

新子が陽の家に滞在したのは二週間の余になったが、その間『月の子』は初校を出し、再校を出し、あとは製本を待つばかりになっていた。すべて、拓郎がやってくれた仕事であった。

解説は函館の木元治が書いてくれた。

その中にこんな一章がある。

「新子はつげ義春が好きだという。一九六四年発刊の漫画雑誌『ガロ』に登場したこの劇画作家は、多くの学生運動家たちにファンを持った。つげ義春は、庶民の内部――人間と人間のどうにもならないすれ違い――を、深い虚無感とやさしい心で描いた。近代の奈落、理性への信仰がくずれたあとをいやすものは、原始女性は太陽であった『沼』の少女や、『もっきりやの少女』チヨジである。新子の作品が人間の地獄を詠いながら、その底にケロッとした健康な目を見せるのは、これらの少女と等質の目を持っているからである——」

「ねえ拓郎さん」

いつからか新子が浮巣と呼ぶようになった編集室の秋の昼さがりである。

「わたしの目はもっきりやのチヨジかしらね」

「チヨジ以上じゃないですか」

「どこが」

「たとえば今すぐにでも先生は船に乗ってしまう人です」

「そうだ、神戸へ行こうよ。神戸の港めぐりの船に乗りたい。それから、そのまま淡路までホバークラフトでぶっ飛ばそうよ！」

「はい」

テツカブトをかぶって、バイクに乗る。

拓郎の背にしがみついて高速道路を神戸まで！　心が弾んでどうしようもない。

港めぐりはもう風がつめたかったが、河口育ちの新子にはうれしい港の匂いである。

万トン級の客船やタンカーや、ドック入りの錆落としなどを見ながら四十分。船はポンポンポンポンかわいい音を立ててくれる。

「拓郎さん」

新子がネッカチーフを風になびかせながら言う。

「あんたは私の何かしらね」

「川柳の弟子です」

「それから」

「川柳展望の編集長兼事務局長兼なんでも係です」

「もうないの」

「ないですね」

底抜けにさびしがりやの新子の守り役だとは、ついに拓郎は言わなかった。

「そう」

不意に海野三郎のロイド眼鏡が波間に浮かんだが、新子が声をかけるまもなく消えていった。

「東京の人は遠い人ね」

「『月の子』が出来たら上京されますか」

「行きたいけど、行かない」

ふっと拓郎の頬に安堵の色を見た気がした。

春はおぼろ重ね返事の猫叩く

句集『月の子』はその年の秋に完成した。

その売りさばきやら川柳展望五周年大会の準備やらと河川敷編集室は人の出入りで賑わった。

年が明けて、河川敷にはまた菜の花の季節がやって来ていた。

去年あたりから編集室や正代の事務所にどこからともなく猫がむらがり始めていた。

正代は捨てられた仔猫を見ごろしにすることができない。いつのまにか猫は二十六匹にも殖えて、これに餌をやるだけでも一仕事ということになってしまった。

猫には思春期になると避妊手術をする。その世話をする役目が新子であった。正代は見るに堪えられないというのである。

手術の日は朝からその準備にかかる。

正代の会社の倉庫の一隅に大きなテーブルを置いて新聞紙を敷きつめる。ダンボール箱を八つ用意する。一日に八匹が体力の限度だと獣医が言うのであった。

新子がかっぽう着にマスクをつけて待ち受けていると白い車で獣医がやって来る。その日手術の予定者たちは早くもカンづいて逃げまどうのを、一匹、一匹つかまえては、網の袋へ入れていく。

「ぎゃおーっ」

麻酔薬が打たれると猫のからだはぐにゃりとなり、あるいは硬直するのもあり、ただ、目はカッと見ひらかれて光りはじめる。それを揺りかごのような籐製の手術台にのせて四肢をしばる。猫はしきりに首を左右に振りつづけるが意識はもうろうとしている筈である。

「先生、早く早く。麻酔の切れないうちにすませてやってくださいよ」

と、正代が窓から猫の方は見ないで声をかける。

「はい、まあゆっくりとやらせてもらいますわ。櫟田さん、男の子の分で今夜キモスイなどいかがですかな。はっはっはっ」

「冗談はよして。それじゃあ新さん、頼んだわよ」

「はーい、まかせといて」

新子はピンセットで消毒ガーゼをつまみ、手際よく獣医に渡していく。オスはかんたんだが、メスは十糎《センチ》近くお腹を割く剔出《てきしゆつ》手術なので倍の時間がかかる。麻酔が切れかかると手足を動かす元気な猫もいて、汗が目に入る作業だが、新子は少女のころの保健婦志望がかなえられる思いで愉しくて仕方がない。

「一丁あがり」

「はい、はい。次はメスですよ、先生まちがえないでね」

更年期みかんの花が咲いている

正代が入院したのは五月の中ごろだった。

春先、猫の手術をしたあたりから体調をくずし始めていた。

汗をかく、手がふるえる、まっすぐに歩けない、どんどん痩せていく。

正代は「癌」という字に敏感になった。

小さな医院から大きな病院へと、新子はそのたびにつき添ったが、どうも原因がはっきりしない。一ケ月もの検査のあげく、甲状腺機能亢進症ということで入院したのである。

正代は病院の個室へ毎日のように新子を呼びつけた。

「猫はどうしてる。サンケは群に入れない子だから食事も別のところでやってね。モンタは国道へ出たがるから気をつけてやってね」

「わかった、わかった。要するに一匹もころさず病気させず、元気に二十六匹が姉さんの退院のときに勢ぞろいすればいいんでしょ」

新子は夕月のかかる窓辺で猫とたわむれながら正代のことを思っていた。子のない姉の猫かわいがりはこのところ度を過ぎるものがあった。一匹二匹と、外に出さない猫を殖やしていくのである。

猫は菜の花畑で遊びたいだろうに。猫はバッタを取ったり、ねずみを追いかけたりしたいだろうに。

新子は二十六匹すべてを河原へ放ってやった。そうれッ、走れサンケよ、走れモンタ。二十六匹が喜色満面に河原で遊ぶ姿は壮観であった。

そうしてついに犠牲者は出たのである。

「拓郎さん、タローが車にはねられたわ」

タローは編集室をねぐらとした若い流れ者だった。その毛並つややかに、そのしなやかな身のこなしは一頭群を抜いて美しい猫だった。

拓郎は黙々と穴を掘り、タローを埋めた。

「ごめんね、あんたにこんなことさせて」

「いいですよ、先生の気がすむのなら」


六月初め、姉が退院したころから、こんどは新子の左足がおかしくなった。

左足内腿にウズラの卵ほどのかたまりがある。こりっとしたこれは何だろう。

医師も首をかしげては、両足の太さを巻尺で測ってばかりいる。

「おかしいな、左右の足の太さがこんなにちがうとは。この前は一糎だったのが、今日は一糎五粍《ミリ》ですよ。どんどん左足が痩せてゆくなんて」

細い左足は足首だけが異常にふくれていて、念のためにと注射針を刺すと、一本半も濁った水が取れた。

「山谷さん、一度入院して精密検査したほうがいいですよ。紹介状はすぐにでも書きますから」

「いいんです、先生」

と、新子は言った。

「わたしは今、更年期だと思いますわ。だからふしぎなことがいっぱいからだに起こってきます。けど、なおるのですわ」

母もそうでしたし、姉もそうでしたし。

「女って、ふしぎな生きものなのですわ。先生を困らせてすみません」

私は「月の子」なんですもの。そう心の中でつぶやいて、新子は医師と別れたのである。

花影

新子の足の病いは、よくも悪くもならないうちに両の手に及んだ。書痙《しょけい》ともちがう疼きが四六時中新子を悩ませる。

折しも川柳展望社は五周年を迎えて大阪で全国大会を開くことになっていた。その記念品に二百五十枚の色紙を手書きせよという当番幹事たちの要求である。

ふしぎな痛みは人にはわからない。

新子は右手に筆をゆわえて書くことにした。

夥《おびただ》しい菊なり心病む日なり

海は海十日も経てば生きたくなる

ためいきのあたりにぽっと白い花

跨ぎ越す男一人の寝蓙《ねがさ》かな

たわむれの逆手《さかて》にあまる姉の髪

ふつう、色紙というものは玄関か床の間近くに飾るもの、人生の訓《おし》えとなるもの、であろうけれど、新子はその常識をはねのけた。用に立たず、すぐ捨てられてもよいから、一瞬でも人の心をとらえる句を書きたかったのである。新子は二本のてぬぐいの一本は鉢巻にし、一本は手を縛って、書きに書いた。

二百五十枚の色紙を書き終えるころから、こんどは目を病んだ。視界のすべてが灰色のおぼろである。メガネをかけても、ルーペを当てても字の形をなさなかった。

「目は二つしかないのですから医者へ行きましょう」

と、拓郎が言う。

「大丈夫よ。お月さんが四つに見えるだけだから大丈夫よ。人には言わないでね」

それでも心配だからという拓郎につき添われて大学病院の眼科通いが始まった。

大学病院でも病名はつかなかった。とにかく角膜が混濁しているのだそうな。その混濁の原因をつきとめるために、毎日毎日、涙腺通しをする。仰向いた涙の穴に細い針金状のものが入って来る。拷問の日が続いた。

目の病いのまま年が暮れ、年が明けた。

ろうそくを点しやさしい嘘をつく

海野三郎から長い手紙が来た春四月、新子の目は壁づたいに歩かねばならないほどに悪化していた。

海野の手紙は次の本の出版のすすめであり、三日三晩かかって作ったというレジュメが同封してあった。その、ぎっしりの小さな字は読めなかったけれど、最後の一行だけは新子の心にとび込んで来た。

「ぼくは編集者としても個人としても、あなたの作品背景のすべてを知りたくなったのです。どうぞあなたの半生記を、川柳に生きた半生を率直に、あますなく書いてください」

一章から十二章まであるレジュメは正代に読んでもらった。

なぜ、どうして？　あなたはなぜ新子なのか？　どのようにして新子に育ったのか？

「姉さん、海野さんはわたしに遺書を書かせるつもりかしら」

「遺書だなんて、縁起でもないこと……」

「だって目が見えないことはわたしにとって死ぬことだもの」

「……」

「でもふしぎだわ。海野さんはわたしの目のことご存知ないのに、まるで失明寸前を見ていたように、せっかちに急に言ってこられたのよ」

「あのね」

正代は毎日の涙腺通しで赤くただれた妹の目から顔をそむけて言葉を継いだ。

「新さん、よく聞きなさいよ。これは海野さんのラブレターなんよ」

「ラブレター!?」
「そうよ、あの人の心の中で新子は気になってしようがない存在なんよ」
「うそ。海野さんは本を出すのが商売の人よ。それだけよ」
そう、それならそれでいいじゃないと、正代が立ち去ってからも、新子は海野の意図にこだわっていた。海の藻がまならうらにもつれからまる。

書く、と決心してからの十二日間を新子は姫路の三畳にこもった。何といっても三十余年を過ごした土地である。身のまわりには資料提供者もたくさんいたし、テープレコーダーに吹き込んでくれる協力者もいる。それに、拓郎からの逃避もあった。拓郎は新子が中央へ進出することを快からず思っている。口に出しては何も言わないが、新子には拓郎の心が見えるのである。――母を奪られる幼児のような。

新子は目の医者とも縁を切った。

　われとわが蹄の音にねむられぬ

A3判の紙に罫を引いて特大の原稿用紙を作ってくれたのは光男である。テープに耳を傾けながら新子は書く。聞き書きのもどかしさにカンを立てながら書いていく。一日に一章、二十五枚がノルマである。深夜になろうが、夜が明けようが、新子は三畳から出ようとしない。コタツに入れたままの足が電気の熱にあたって赤い血管を地図のように浮かびあがらせる。疲れに負けてばたんと倒れると、そのまままどろむ。

窓のない部屋は朝か昼か夜かのけじめもつかない。目覚めるとまた極太のボールペンを握りしめる。

「なあ、おまえ、そんなことしてたら死んでしまうで」

と、光男がコーヒーとアンパンをコタツ板の上に置く。

「おまえなあ、風呂でも入ったらどうや」

光男がリンゴを剝いてくれながら言う。

「ありがと、おとうさん。わたしはね、これを書いたら死んでもええと思うてる」

「いったい何を書いとんのや」

「新子零歳から五十歳まで」

「そないに急いで書かんならんのかい」

「目が見えなくなるもん。それがこわいの。ねむっていてもね、こんど目ェ覚ますのがとてもこわい。ああ見えた、この間に早く書こうと思うのやわ」

「そうか……」

光男は「白河サン」へ朝詣りをしようと思い立った。白河サンは目の神様として近郊に評判高い神サンである。

新子に気取られないように裏木戸をあけて自転車を引っぱり出す。暁の、まだ肌さむい風の中を一心にペダルを踏む。白河サンに着くころには、しらしらと夜が明け初《そ》める。光男はお百度を踏んでうっすらと汗ばんだ手を浄めると、神サンの水で自分の目を洗うのである。何べんも何べんも。

新子が光男の代参を知ったのは、十二章を書きあげて、死んだように二日ねむった朝のことであった。

「新子、気晴らしに白河サンへでもお詣りせえへんか」

「そうね」

脱稿のうれしさからついて行った白河神社で、新子は光男のやってくれていたすべてを知ったのである。

「おとうさん、こんどの本にはあなたの悪口もいっぱい書いたのよ。それなのに、それなのに……」

　もしかして椿は男かもしれぬ

海野三郎が初校ゲラを持って大阪へやって来たのは八月の初旬であった。初めて海野に会った日から三年の歳月が流れていた。

「やあ」

ホテルのロビーで、海野はまるできのう別れた人のように人なつっこい笑顔を見せた。

「よく、書いてくれましたね。いい本になりますよ」

ところで目はどうですか、と聞かれて、新子は改めて目のことを思うのだった。

目は確実によくなっている。うす紙をはがすようにという形容詞どおりによくなりつつある。しかし、いかにも合理的な人に見える海野に、「神さまのおかげで」とは言えなかった。

「校正、できるほどになりました」

「そう、それはよかった」

「あのう……」

「何ですか」

新子は、海野を高槻市のカマブロに招待したいと申し出た。

「よろこんで。じゃあそのカマブロとやらでこの本の題名を決めましょう」

茨木市駅で落ち合って快速の一駅で高槻市に着く。そこから十五分、海野はバスにしようと言う。バスに揺られて町中を珍しそうに眺めている海野の背中が妙にさびしそうだった。そのことが新子を動揺させる。

さて、バス停に降り立ったものの、山道のどれをたどればよいのかわからない。

新子は電話ボックスに入った。タカツキカマブロ……目がかすんで、電話帖の文字はまだ無理である。

「海野さん、ちょっと来てください」

声が甘くはずむのがわかった。

「どれどれ」

外で待っていた海野が電話ボックスへ入って来た。おたがいに汗ばんだ腕がふれる、髪がふれる。息がふれ合う。

海野はつとめて平静に、ハンカチを出してメガネを拭いている。海野は自分の昂りにとまどっているふうだった。

「だめだ」

何かから逃げるように二人は外へ出た。

カマブロは大きなカマドの蒸し風呂である。新子は二、三度、父と母と来たことがあるので部屋で待つことにした。

海野が風呂からあがって来た。

たらたら流れる汗の上からシャツとズボンをつけている。

「お客さん浴衣にお着替えやすと、おすすめしましたんやけど、いや仕事ですからとおっしゃいましてねえ」

係の女中が新子に言訳がましく告げる。

「いや、これでいいんです。それにしても」

これが夏の椿ですか、きれいですねえと、海野は庭へ出て行ったきり、しばらく帰って来なかった。

一本の好きな木があり秋立ちぬ

本の名は『花の結び目』と決まり、初冬に発刊された。

東京での出版祝賀会は在京の人、関西からの応援組と、続々と人が集まっていた。

海野が新子に近づいて来る。

「新子さん、家内です」

にこにこと妻を紹介する海野を、新子はふしぎなものを見るようにみつめていた。どうにもそれはふしぎな光景だった。

そうだ、あの人にも妻がいたのだった——そう納得したのは、宴もたけなわの祝辞がつづいているときになってからである。

それにしても、新子の出版記念の会に、海野はなぜ妻を同伴したのだろうか。湧き起こる拍手の中で、新子は鬱々とたのしまなかった。海野はいっぴきではなかったのか。

「海野はきらい」

二次会の箸袋にそう書いてライターの火を移した。箸袋は意地悪くその字を残して立ち消えた。新子はライターの火を大きくして、こんどは指を焼くまで箸袋を手から離さずに海野の文字を焼きつくした。

長かりし月日抱きしめられている

『花の結び目』から一年が過ぎた。

海野は新子に向かって泣き言をいう人ではなかったが、折々の手紙や電話の言葉のはしばしに、新子はただならぬものを感じ取っていた。

本が思うように売れないという。不渡りを出しそうで、ゆうべは一晩中金策に歩いていたという。

何をしてあげればいいのだろう。

新子はとにかく書くことだと思った。書いて本を出す、それが一冊でも二冊でもあれば海野が瞬時でもたすかるのではなかろうか。

新子はまた三畳の部屋にこもった。五十篇のエッセーを書きおろすのに十日とかからなかった。あじさいの花の咲くころ、新子は原稿を持って上京した。

海野はげっそりと頬の肉が落ち、喉仏が鶏の皮のような皮膚に包まれて突起していた。

「家を出たよ」

とだけ、海野は言った。

新子のエッセー集は『新子つれづれ』と名付けられて、昭和五十七年八月十日に書店の隅に並んだ。

新子は新宿の喫茶店で海野と向きあっていた。

「あさって入院しますよ」

と、他人事のように言う海野に、新子は目をあげた。

「どうなさったの」

「左足の静脈瘤がパンクしそうなんですよ。ここまで来るのもやっとだった。ほら」

ズボンの裾を少しめくって見せた海野の足には静脈の筋がふくれあがり、ところどころ青紫の血栓がもりあがっていた。

言葉もなく二人は新宿駅前で別れた。

あれから取引先を一軒一軒歩いて詫びてまわるのだと言っていた海野のことが、姫路へ帰ってからも頭を離れない。

「海野さんは死ぬかもしれないわ」

「海野って誰のことや」

と、光男が聞きとがめる。

「東京の出版社の社長さんよ」

新子は手短に話して、裏庭へ出ていった。

むくげの花が咲いている。新子は手を合わせてその木の下にいつまでも佇《た》っていた。

海野から電話がかかってきたのは、その年もまもなく暮れる十一月の末のことだった。

「新子さん、足の病いはよくなったけど。……とうとう倒産しましたよ。手術室へ入ろうとしたところへ不渡りの知らせだ、どうしようもなかった。いろいろありがとう」

「………」

「病院でね、ぼくはよくよく考えたんだが、苦しいときに一緒に苦しんでくれないのは、もう家族じゃないね」

「それは、それはあなたが苦しみを分けようとされなかったからやありませんか」

「そうかもしれないが……。麻酔が切れたときの痛みの中で、ぼくが思いつづけたのは会社のこと。そうして、今すぐ逢いたいと思ったのは新子さん、あなただった」

新子は受話器を置いて茫然としていた。涙がとめどもなく流れる。

新子は二階の光男の部屋へ行ってみた。枕許の小さな灯りの中で、ここにも眼窩の落ち窪んだ男が眠っている。新しい涙があふれた。

旅

厚生省恩給局から再再調査の報せが来た。申請書を出してから何年の歳月が経ったのだろう。

光男は改めて既往症と現在の健康診断書の提出を求められることになった。

病院から帰って来た光男がぼんやりと虚空《こくう》をみつめている。

「おとうさん、どうしました」

「うむ、これや」

さし出した診断証明書には「重度肺結核症」と書いてある。新子は目を疑った。

顔色の悪いのは頭の傷のせいだとばかり思い込んでいた。喀血も見ず、喀痰もない。

「こんなことってあるのですか」

「おれにもわからん……」

光男の病院通いが始まった。

前こごみに自転車をこぐ姿がいかにも苦しそうだった。戻ってくるとしばらくは肩で息をして、口もきけないありさまである。

そんな姿の光男に向かって離婚話など切り出せたものではない。新子はお互いに離婚して一人になるという海野との約束を一切忘れようと努めた。河川敷への行きかえりの車中だけが新子の時間である。

車窓から見える枯蓮の池にうすら陽が射している。その池が緑になり、家々に梅がほころび桃が咲いた。

河川敷はまた菜の花の季節である。

「おとうさん、河川敷をたたんでここへ帰ります。あんたは心おきなく療養所へ入って養生してください」

ある日、またの日、新子はくり返しそれをすすめるのだが、光男は首をふるばかりだった。あるときは激昂して声を荒らげる。

「誰が店をするのや」

「わたしにきまってるやないですか」

「ふん、そうしてここがまた編集の誰彼で賑わうのやろ！　店はおれの命や。店が出来へんぐらいやったら死んだるわい！」

「おとうさん」

そんなに店がしたいのですか、そんなに私が信用できないのですか、——新子は情けなさにさしうつむく。

「あのなあ、おまえがなんぼ頼んだかて、療養所へは入らへんで。それだけはよう覚えとけや！」

厚生省恩給局から担当の人が姫路へ来たのは、光男と新子がそんなやりとりをくり返してい るさなかだった。

喫茶店で向きあうと、まだ若い、陽よりも若い係官は書類を置いて話しだした。

「ご近所をまわりましたが、ご主人の頭の傷のことは誰一人知らないとのことでした」

光男は口をかたく結んですわっている。

新子が代って答える。

「はい、私共はそういう愚痴をどなたにも話したことがありませんから」

涙がうっすらとにじむ。もうここまで申請してだめなものならあきらめます、と言おうとしたとき、係官は書類を卓の上にひろげた。

「わかりました。うそをつく人はかえっていろいろと工作するものです。あなた方ご夫婦にお会いしてみて、百の書類よりもよくわかりました。……実は僕も戦争で伯父を亡くしているんです。東京へ帰ってできるだけの努力をしましょう。吉報を待っていてください」

休みましょベンチの青の塗りたてに

恩給局の申請認可証を受けとってからの光男はめきめき元気を取り戻しはじめた。ちょうど薬が効きはじめたころかもしれないが、心の張りが病いを癒やす力になることを、新子はまざまざと見る思いだった。

この、いっときの小康が入院の時機をおくらせ、ついに命取りになろうとは、光男自身も新子も思ってもみないことであった。


九月、新子はシンガポールからマレーシアへ観光の旅をした。

美しい異国の夕ぐれは、殊のほか人恋しい。海野にわざとだまって発っただけに、どうしているだろうかと、思いは海野から放たれることがない。

ツアーの連れが金だの象牙だのと買物に費す時間を、新子はホテルの窓にもたれて海野の過ぎこし方を思うのである。海をへだてて異国にあれば、いっそう確かに彼のことが見えてくる。

海野三郎が十数年前に興した対流社は、無名の著者たち二百五十人を世に送り出して、刀折れ矢尽きたのである。

対流社にはいつも善意の人たちが集まり、海野の理想に共鳴する人たちが資金を出し、カンパを送りつづけた。

「ぼくはその人たちの善意に応えられなかった。そればかりか多大のめいわくをかけてしまったんだよ。一生かかっても償えない。それを思うと頭が狂いそうだ」

海野は新子への手紙にも電話でもそのことばかりを話して声が沈んでいくのだった。

きのう新子はクアラルンプールでふしぎな木を見た。傘の形の緑濃い木が、風に吹かれるといっせいに黄色い花を降らす。それはみごとな黄金の雨である。

ゴールデンシャワーという名だと知ったあの木が忘れられない。その木のことを今すぐ海野に話したかった。見せたかった。

なかぞらにわが恋放りあげて泣く

海野は成田からだという新子の電話に驚いた。しかも新子は泣いている。どうしたというのだ。

「じっとしてなさい、今迎えに行く」

新子は海野に言われた場所に旅鞄といっしょに立っていた。空港の灯がうるむ。涙が拭いても拭いても流れる。

海野が来てくれるのだ。

わずか数日の外国旅行だったのに、涙は甘くせつなくて、今は一刻も早く海野に逢いたかった。

「一年ぶりだね」

海野はホテルへの道で新子をふり返ってなつかしそうに言う。

「やっと東京へ来たわ」

「どこから来た」

「シンガポールから」

「マーライオンに喰われてしまえばよかったんだ。そうすれば」

と、海野は遠くを見る目になる。

「悪魔に心を売らなくてすんだんだよ」

「もう、売ってしまいました」

夜が明けて二人は松本行の列車に乗った。

だまってだまって、列車は走りつづける。松本駅から碌山《ろくざん》美術館へのバスの中でも、海野は口をきかなかった。

黄ばんだ稲穂を渡る風が新子の髪を吹き抜けてゆく。あの花は何だろう。あの木は何と呼ぶ木だろう。

信州の山々が青くけぶっている。白い雲がうしろへ流れる。

新子はこのバスが地の果てまでも走ることだけをねがった。

碌山美術館はちんまりと田圃《たんぼ》の中に樹を繁らせていた。

「碌山の恋を知ってるかい」

海野が胸像の〈文覚〉に目をやりながら言う。

「相馬黒光《こっこう》への熱愛ね」

「そうだ。黒光は先輩相馬愛蔵の奥さんだもんな、つらかったろうと思うよ」

海野はそれから堰を切ったように碌山の芸術について語った。

「碌山は荻原守衛というのね、絵よりも彫刻に魅力があるわ。あなたと見たこの小さな美術館をわたしは忘れない」

新子はかねてから胸うちにあたためている仕事を、海野に打ち明けようかどうしようかと迷っていた。

碌山美術館を出て野の道を歩いた。

「ねえ、手書き百句というの、やってみようかと思ってるんだけど」

「新子句の手書きかい、いいね」

「碌山がフランスで一年間も、腕一本だけを描いたように、わたしも筆を持ってみるわ。一句一句に心をこめて、書体もその句の心を写し取れるまで、やってみたいんです」

「新子ならやれるよ」

海野は小川のせせらぎに足をとめて言うのだった。水草を縫って小魚がきらりと泳ぐ。

「よし、ぼくも元気が出てきたよ。再起してがんばらなきゃ、対流社を応援してくれた善意の人たちに顔向けができないよ。ありがとう新子」

ああ、旅に出てよかったと、新子は久しぶりの海野の笑顔がうれしかった。

限られた時間の中のころしあい

信州の旅の帰り、新子は海野から鍵を一つもらった。妻子にも渡していないという海野の安アパートの鍵である。

新子は河川敷の編集室から姫路へ帰る日の何日かを、東京行の列車に乗る日が多くなった。ノックをしても海野がドアを開けないのを知っている新子は、だまって鍵を合わす。

「こんにちは」

窓を閉め切ってうす暗い六畳の奥の方で、海野がむくりと起きあがるのが、まるで幽鬼を見るようだった。

どこかで電話が鳴っている。どうやら押入れの中らしい。新子が押入れを開けようとすると、海野の怒声がとぶ。

「出なくていい。出るな!」

電話はざぶとんでぐるぐる巻きにされている。それがそのまま海野の姿に見えた。

電話は間断なく鳴る。

金を返せ、金を返せ、言訳など聞きたくない、返さなければおまえの社会的生命を葬ってやると、鳴りひびくのだ——と海野は言うのである。

新子は海野が外出するときもついて行く。

電話に怯え、風が戸をたたく音にも怯え、昼も雨戸をたてきっている海野は、新子が台所でたてる小さな物音にも神経をとがらせた。狭いアパートで、すれちがいざまに手がふれただけでも海野はぴくっと戦《おのの》くのだった。

「鬱病かもしれないわね」

「そうだ。ぼくはひどいウツなんだよ」

しかし、外へ出て新しい仕事仲間に会う海野は、きびきびと仕事の手順を話し、笑顔まで見せて、他人には一切、心の病いを気取られることがなかった。

海野がついに、家族への仕送りのため、サラ金に手を出したとき、新子は絶望した。

どうぞあなたも孤独であってほしい雨

河川敷へ戻ると、これで三度目という消防署の人が来ていた。立退き勧告である。新子が借りているモルタル小屋の亀裂が、五糎、十糎と幅をひろげて、今はもういつ崩壊するか、人命の危機だと消防の人は声を励まして言うのであった。

拓郎は自宅へ編集室を置いてもよいと言ってくれるが、そうもいかぬ心情が新子にはあった。拓郎の妻の、あの足袋の指が空に踊るのが見える。

川柳展望社をどこへ移そうか。新子の居住地と共に転々とする「川柳展望」は、しかし、全国の川柳界に誇り得る質と量に育ちつつあった。

茨木の町中に古いビルの一室がみつかった。

「姉さん、ながいことありがとう」

近場の川柳仲間こぞっての引越しである。新子は猫にも鳩にも雀にも別れを告げて河川敷をあとにした。

古いビルには裏にびわの木が二本ある。今は葉を落として見るかげもないが、来年六月には枝もたわわにびわの実が生るのではなかろうか。新子は二本のびわの木にこれからの夢を托した。

光男はいっとき小康を保っていたが、風邪を引くとあと戻りする病状はなかなか油断ならなかった。

ビルに移ってからの新子は姫路へ逗留することが多くなっていた。

「おとうさん、わたしのいる間だけでも、二階で休んでいてくださいな」

「いや、ここが一番休まる」

光男は力ない咳をしながら店から離れようとしない。

一週間に一度は保健婦がやって来る。

「山谷さん、療養所はいつでも入所できるように連絡してありますからね。一日でも早いほうがいいですよ」

「はい、考えておきます」

「それから奥さんも、これからは一ケ月に一度、保健所でレントゲンを撮ってもらいます。……それから、お孫さんには会いたいでしょうが、ここしばらくはがまんしてもらわねばなりませんよ」

「はい、わかりました」

新子は光男の病状がただならぬところへ来ているのを悟ったが、光男はどうしても療養所へは行かないという。

「新子、おまえなあ、いつやったかおれと離婚したいと言うとったが……、いつでもハンコを押してやるよ。こんなせまい家の中で、おれといっしょに息しとったら、おまえも共倒れやで。東京なと大阪なと、おまえの好きなところへ行って暮らしたらええのやで」

新子は光男にそう言われて、離婚の機を失ってしまった。

「馬鹿なことを言わないで。おとうさんが元気になったらそうさせてもらいます。でも、おとうさん、あんたはそうやって我を張って、店と心中するつもりですか」

「………」

光男は半眼になってうつらうつらしている。

新子は三畳の電気スタンドの下で一句一姿の筆文字を書いている。

妻をころして
　ゆらりゆらりと
　　訪ね来《こ》よ

これは筆先を針よりもとがらせて、とがらせた筆の先に愛と憎をこめて一気に書かねばならぬ。

菜の花　子供でも産もうかな

これはつぶれた穂先にたっぷりの墨をふくませて、心楽しく、投げやりに、しかも女のいろけが滲み出るように書かねばならぬ。

新子の筆立てには七本の筆があり、青墨、茶墨、黒墨と、三本の墨が置いてある。硯も三個用意した。一本の筆は一つの旅をし、三本の墨はそれぞれに筆の旅を彩った。

新子が百句百姿を書きあげて、海野のアパートをノックしたのは、師走の風が吹きすさぶ日であった。

掌紋

鉄の階段を巻き上がって来る風が新子のスカートをめくる。腰から下は神経がしびれて寒さも感じないほどだ。

「海野さん、三郎さん、いないのですか」

ノックしながら小声で強く呼びかけるが、何の物音もしない。

新子はバッグの中から合鍵を出した。

カチッと小さな音がして、錠ははずれたのに、ドアは開こうとしない。

カチ、カチと鍵を鳴らしてから、新子はドアの隙間に目を当てて驚いた。

まっくらである。

目張り……新子はからだをドアにぶつけた。ドアは少しゆらいだがまだ開かない。

三度、四度、体当りした新子は、何度目かに、からだごと室内に倒れ込んだ。

シューッ、シューッという音は何？

ガスだ！

新子はどこをどうやったのか覚えがない。ガスをとめて、クラフトテープの目張りを片端から剝いでゆく。目もくらみそうである。その間も海野をゆさぶらねばならない。海野は、牛の喉から引きずり出したようなぼろ布団にくるまって、大きなイビキを立てている。新子は渾身の力で海野を抱き起こした。

「海野さーん、海野さーん、起きてちょうだい、起きるのよ、死なないで起きるのよ！」

海野がうすく目をひらいた。

海野はふしぎなものを見るように新子の顔に焦点を当てようとするが、また、がくりと、新子の腕の中へ眠り落ちてゆく。

海野の頰をたたきつづけながら新子は部屋の中を見まわす。

本棚も机の上もきれいに片付けられている。筆立ての中の鋏が切先を上に向けて冬の夕陽に光っていた。

今、気がついたのだがラジオが鳴っている。焼酎の瓶が横になって、すき透った液体が瓶の中でゆらいでいる。

ガスの匂いはほとんど消えたようである。

海野はおそらく、つい先刻に、新子が到着する少し前に、ガスをひねったのだろう。

「よかった……」

薬の瓶がみつからないのが幸いだった。

ガス栓をひねって、焼酎を飲んで、海野は布団をひっかぶったにちがいない。

その夜、海野は時折物におびえたような奇声を発しながら昏々とねむりつづけた。新子も海野の背中に胸を当てて、泥のようなねむりに落ちていった。いつまでもどこまでも夜、二人に夜明けは感じられなかった。

死のような快楽《けらく》覚えし洗い髪

「新子……」

海野の声で新子は目覚めた。

「何なの」

「ひとりごとさ。だけどあんたが現われたことがふしぎだよ。あんたがいなかったらぼくは今ごろ……」

海野の目尻から涙がひとすじ糸を引いた。

「こんどはね」

と、新子が台所の流しから声をかける。

「あなたに本を分けてもらおうと思って来たの」

「本て、どの？ 欲しいのがあればみなでも持って行っていいよ」

「ただではいやよ、あとがこわい。私にこの世界大百科の本棚を売ってちょうだい」

「よおし。ただし、この全巻は高いんだぜ」

「いいわ。市価の三倍で買いましょう」

「いや五倍だ」

海野に笑顔が戻ってきたことがうれしい。

実は、新子は生命保険を解約したり、いささかの宝石類を売って作った金を用意していた。海野の電話から、ただならぬものを感じて上京する車中も、新子のいちばんの心配は、海野が手を出したサラ金のことであった。

「ねえ、これからサラ金の店へ行きましょう。お金を返したら、もう金輪際借りないこと、約束してくれるわね」

「すまない」

「それから、わたしがその間にコインランドリーへ行くことを許してくれるわね」

「一回や二回では洗いきれないよ」

「いいわ、ぜんぶきれいにしましょ。もう死神がとり憑かないようにおまじないしとく」

じゃあね、と新子はコインランドリーへ急ぐ。生まれて初めての洗濯場だが、若い男の子や女の子が、いろいろ教えてくれるのもうれしい。

「おばさんの洗濯物、ひどい汚れね。この三十円の漂白小袋を入れるといいわ」

「そうね、ありがとう」

「ずいぶんためたもんだな。僕以上だよ」

と、男の子が人なつっこく笑う。

機械が回っているうちにアパートへ取ってかえしてセーター類を手洗いする。ヤカンで沸かしたぬるま湯に、モノゲンを溶いた液に一枚一枚セーターを浸け込む。ころやよしと手でおさえ洗いをすると、男の汚れが黒く浮きたってくる。

新子はこの汚れ物の山から、海野が妻の圭子と何日も会っていないことを知るのである。

ただただ海野を放りっぱなしの女——は、新子にとってありがたい存在だった。

一と間っきりのアパートにビニールの小包紐を張りめぐらせて、手しぼりの洗濯物を干していく。固く水気を取ったつもりでも、セーターは雫《しずく》を垂らす。新子と海野はその下へ丼鉢まで持ち出しておもしろがるのだった。

「さあ、おなかぺこぺこよ」

「ぼくもだ。ここ三日ほど酒以外の食べものをとっていないもの」

「何にする」

「中華が食いたいよ」

「よし。ただし、新店開拓よ、いいわね」

新子は、海野が家族をつれて食べ歩いた店へは行きたがらなかった。

銭湯から帰りに明日の豆腐を買う。

コインランドリーで乾いたシーツや枕カバーはまだどこかに湿りを残していたが、石鹸の匂いがこんなにも香ぐわしい。

新子は海野の胸にもぐって、海野の吹くハーモニカを聴いている。押入れから埃をはらって出て来た一丁のハーモニカが、新子には天の楽《がく》にも思われた。

新子の洗い髪が海野の裸の胸をくすぐる。

「コラ、おとなしく聴いた聴いた」

海野のハーモニカは限りを知らず吹き鳴らされ、それはつめたい木枯しの音とまじって、新子は一瞬この世を忘れるのであった。

愛咬やはるかはるかにさくら散る

あした上京してほしいという海野の電話を新子は珍しくことわった。

光男が風邪をこじらせていたのである。

「一週間か十日待って」

「うん、いいよ。ぼくはね、このところ無性に句を作りたいんだ。こんど新子が来るまでに、そうだな、百句は作っておくから見てくれるかい」

新子は思わず声を高めた。

「ほんとに句を作るの。わたしの影響をもろに受けたわね！」

「ちがうよ。いや、そうかも知れないが、とにかく今日から部屋にこもってやってみるよ。テーマはもう決まってるんだ」

「何なの、ねえ、何をテーマにするの」

「恋だ」

「恋」

おうむ返しに確かめて、新子はまだ信じられない。

あの海野が……と思う。

死を選ぶまでに債権者に追いつめられて、電話音に耳をふさぎ身をちぢめていたあの海野が、何かを書く気になってくれた。

それも「恋」とは。

しかし、ストイックな彼であるだけに、鬱屈したものが一気に噴出するかもしれない。

シンガポールから帰ったその興奮のまま、海野に抱かれた夜のことが思い出されて、新子はひとりで熱くなる。

彼は、洗い髪のまま雫の垂れる私を横抱きにしてベッドへ投げたわ。

そうして言ったわ、もう離さない――と。

そのあれやこれやが川柳になるのだろうか。

新子は現実のことが作品にはなりがたい。蚕が糸を吐くように、あるいは海亀の産卵のように、新子が産み、新子が吐きつづけたものは、すべてこの世の夢幻だった。

海野もまた、夢幻の恋を書くのだろうか。

海野から「恋百句」を見せられた新子は仰天した。

人があらゆるものから遮断され、隔絶の世界にあそぶとき、人はこのように純粋な世界を書くものだろうか。

「どうだい。句になっているかい」

海野が新子の手もとをのぞき込んで言う。

「なってるわ。掛値なしにおどろきました。しかも、今までの川柳に全くなかった新天地の句よ。古川柳の中に末摘花《すえつむはな》というのがあるけれど、あれともちがうわ」

「読みあげてみてくれないか」

「いいわ。目を閉じて謹聴してね。

　はつあきやふたりのさとのゆめがたり

これは挨拶の句ね。これから恋一巻を巻きまする……

　君は今悲苦の衣を脱ぎ捨てて

　万年の先祖の如く抱《いだ》き合う

これは幼馴染の愛ちゃんかな、それとも三つ年上の初恋の幸ちゃんか……

発汗の兆し天馬が翔んでくる
爛漫の身をゆだねくる午後は闇
痴言やがて神のうたともなりゆくや
含羞の花は怒濤を誘いいる
騎《の》りいれば丹花《たんか》は何と化すならん
放心の繊《ほそ》き喉《のんど》はくれないに
わが現《うつつ》かえせと小さき拳《けん》の降る
………
天高し　別離の朝の般若経

おわり」

海野はうなだれたきり、顔もあげない。

「やったね！　本にしましょう、本に」

「ほんとうかい。ほんとうに句になっているのだろうか」

新子はさっそく原稿用紙に清記をはじめる。

「いやだよ、句集にするつもりなんかさらさらないよ」

「あなたにその気がなくてもわたしが句集にするのです。こういう句を川柳界は避けて通ったのよ。それだけでも一冊にする価値があるわ。任せてくださいね」

新子は海野の句稿を持って、東京の雪の中を歩いていた。雪は思ったより深く、足をとられそうになるのを一歩、一歩と踏みしめて歩いた。

句集の名は『掌紋』と、海野がつけた。

著者名は「なやけんのすけ」と、新子がつけた。

新子はますます激しくなった雪に顔をあげて歩いた。やっと印刷所の看板が見えた。

完《おわ》りとせシャボンの匂いのちとせ

昼も雨戸を閉めきった海野の部屋である。

とんとんと、はじめはやさしく、次第に激しくドアがたたかれる。

新子が腰を浮かそうとするのを、

「出るな」

と、海野の押しころした声がおさえる。

押入れの中では電話がひっきりなしに鳴る。

「電話をとめてしまったらどうなの」

「仕事が出来ないじゃないか」

こういう状態で仕事など出来るはずがないのに……とは新子にも言い出せない。

海野は責任感が人一倍強く、ストイックな性格であった。それが海野を苛立たせる。

二人は習いはじめた碁石を並べたり、背中合わせに本を読んで時間が経っていくのを待った。

日が暮れると雨戸を繰る。

東の窓の下には橋がかかっていて、ちろちろと芥《あくた》を縫って水が流れている。

「ねえ、この川の名は何ていうの」

「神田川だよ」

「そう、いいわね」

新子は赤い石鹸箱をカタカタ鳴らせて海野といっしょに銭湯へ行きたい。洗い髪を風になぶらせながら、海野といっしょに帰って来たい。明日のない生活であっても、一生のうちでそういう日を三日でも一日でもと、新子は夢に見るのである。

「湯へ行きたければ一人で行って来なさい。ドアを細目にあけて、外をよくたしかめてから出るんだよ」

「あなたは」

「行かない。水でからだを拭けばいいさ」

新子は靴を履いて外へ出る。

銭湯はあきらめて、小さな橋を渡って行く。橋の向こうには米や酒の自動販売機がある。枕の半分ほどの米と、黄桜の一合瓶と缶ビールと。橋を戻って豆腐屋へ行く。

「奥さんとこ、豆腐が好きだね」

「好きよ、いけない？」

「いけないことはないけどさ。朝晩買ってくれる人って珍しいからさ」

角を曲がって八百屋へ行く。

新子には馴染めない東京ネギと小松菜と。

「あのう、この辺に乾物屋さんないかしら」

「奥さん、何がいるの、鮭の切り身やアジのひらきならうちにもありますよ」

「それ両方、二切れずつください な」

奥さん、奥さん。新子は胸がつまってしまう。

部屋へ戻ると海野が外出着になっている。

「あらおでかけ？」

「悪いけど今夜は帰ってくれないか」

「わたし？　どこへ帰るの」

「新幹線はもうないか。じゃあホテルまで送って行くよ」

「どうしたの一体」

「……約束してたのを思い出したんだ。家族と外食の日なんだよ、もう時間がない」

さっきまで出ていた月がかすんで消えて、外は小雨になっていた。

そうか、そうだったのか。ここまで追いつめられてもなお、この人は家族と夕食を外でとる人なのか。そのお金は誰が工面した。

「もういい！」

新子は買物のビニール袋を床へ投げた。鮭の切り身がとび、豆腐がつぶれた。

傘もささずに雨の舗道を駅へ向かって歩きながら、新子はずきずきと痛む思いを抱えていた。海野は多くを語らないが、娘が二十歳になったら妻と別れるという約束は時折り口にしていた。それまでの歳月を、海野はできるだけやさしい父親でありたいのだろう。それがわかっていて新子は海野の身勝手を許せなかった。

それ以上に、身を切るような金を作っては海野においしいものを食べさせ、旅に出たいといえばそれも叶えてやる自分の深情けが新子は許せないのであった。

二人の愛が深まるにつれて、それぞれの妻と夫がクローズアップされてくる。どこにも落度のない妻と海野は別れなければならない。おなじように新子は夫と別れなければならないところへ追いつめられていた。

しかし、それが愛のすがたというものかもしれない。真実はどうしようもない悪の面をかぶって、とことん美しくあろうとするものだから——。

新子は海野のウツ病に巻き込まれそうになる。刹那、刹那を生きられるところまで生きたなら、「死のう」という暗黙の了解が二人の眼に宿ることが度重なってきていた。

新子は駅の階段にくずおれて激しく嘔吐した。

死別

りーん、りーんと二つ鳴らして、切ってまた鳴らす、合図の電話にも海野は出ない。ガス自殺、火事、逃亡……悪い予感が新子の腋に汗をしたたらす。

思い切って海野圭子のダイヤルを回す。

「あら山谷さん」

圭子のしゃあしゃあとした声である。

「海野ですか。いますわ。今日でもう十日ですよ。ごろごろと寝てばかり。起きれば本を読んでばかりでうんざりしますわ。万年床なんて私、身の毛もよだちますの。それに、」

「あの、奥さん、海野さんはご病気では……」

「ほほほほ、何の病気ですか、横着病い？」

「いえ、あの、ウツ病というのはとてもつらいものと聞いてます。他の人にはわからないだけに、どんなに苦しいか……」

「山谷さん、あなたずいぶんと海野に同情的なのね。しかし、一家の主人がですよ、働いて家族を養うのはあたりまえじゃありませんか。ウツだなんて言いのがれですよ」

「奥さん」

「私ねえ、もうこんな生活つくづくいやですよ。今までも何度別れてくれと申し出たかしれないんです。でも何のかんのって別れてくれませんの。ほほほ、別れないのならちゃんと働いてもらわなければなりません。ね、そうでしょ」

「奥さん」

新子はつとめて明るく言った。

「まあ山谷さん、海野さんに恋人がいたらどうなさいます」

「奥さん、ご冗談ばっかし。海野は金も力もない男ですのよ。それにもうあの歳で誰が相手にしますか。笑わせないで、ほほほほ……ああ苦しい。私はね、夫婦だから仕方なくいっしょにいてやってるんですよ」

圭子は弁の立つ女である。

きんきんひびくその声のうしろで、海野はどんな思いをしているだろう。

新子はこれ以上、圭子に喋らせるに堪えられなくて電話を切った。

そうか、そうだったのか。

新子ははっきりと心を決めた。

海野と絶対に結婚する。海野の価値のわからない女から海野を奪って甦らせてみせる。

圭子さん、そのときになって吠え面かかないでよ。誰彼にびしょびしょと泣きついたりしないでよ。新子がどんな女か見物席から見てらっしゃい！

スツールにうかと凭《もた》れて神の子に

新子は電話を両手でおさえて、それだけの悪態をつくと、胸の中がしゃんとなった。

光男の容態は日増しに悪くなっていた。肺結核に加えて持病の喘息が息を切らせる。結核の治療に通っているのが近所へも知れわたったのか、子供の客はとんと途絶えていた。

それでも光男は店につづく廊下の長椅子に身を横たえて、店から離れようとしないのだった。まどかから預かっている一匹の灰色の猫だけが、長椅子の横から心配そうに主を見上げているばかりである。

「新子、茨木へ帰るんやないのか」

「いいのよ。展望のことは神沢さんがよくやってくれているから。発送の手伝いに来てくれる人もいてくださるし。わたしは編集の時だけ行けばいいのよ。心配しないで」

「実は……」

光男は長椅子の腕木に手をついてからだを起こした。激しく咳き込む。その背を撫でながら、新子はこれからの長い看病生活を思い描いていた。光男を看病することは贖罪である。どのようにもやさしくしてあげたい。

新子は残る生涯を光男の看病にあけくれても悔いはないと思っていた。

海野のことは別である。

この世で添えなければ「あの世」がある。しかし、圭子の言葉に抗うように誓ったこともまたほんとうだった。

新子は、光男をもう夫とは思っていない。ただ、光男は哀しく不憫な肉親であった。肉の生活がなくなってからの光男を新子は愛しはじめていたのである。

光男がようやく咳きやんだ。

「実は、茨木のおやじさんから、おまえの身を案じた手紙をもらったんや。新子がかわいいと思うなら療養所へ入ってほしいと書いてあった。……親やなあ。けんど、療養所へは行きとうない。わかってくれ新子」

光男が枯木のような手をさしのべて来る。

「いいのよ、おとうさん」

光男の手を両手でくるんでゆさぶってやる。夫婦は互いに相手の目の涙を見ていた。

光男が倒れて人事不省におちいったのは、月おくれの七夕笹が川岸にひっかかっている八月八日の昼のことだった。

買物籠を放り出した新子は救急車かタクシーかと一瞬迷った。

タクシーがいい。

光男のわがままをいつまでも聞き入れていたのではいのちにかかわることだ。このままタクシーで、かねての予定通りK国立病院へ連れていくことだ。

K国立病院では運よく結核の権威である大塚医師の診断を受けることができた。

タクシーの中で気がついた光男は、まだぐったりと新子に寄りかかったままである。その薄い胸のボタンを一つ一つはずしてやる。

大塚医師はすでに町の医院から送られて来ているレントゲン写真をくいいるように眺めている。長い時間に思われた。

それから抽斗をごそごそ捜して、三色の薬を机の上に並べてみせた。

「山谷さん、この三つの薬は結核菌退治のベテランです。そして、いいですか、あなたにはこの薬ぜんぶがもう使用済みなんです。つまり、抗体菌がはびこっているというわけです。困りました。あなたの菌をころすには、もう薬がないということです」

光男が口を半びらきにして、新子の腕の中へ倒れかかる。

「それでですな、第四の薬を使います。ところがこれは二流三流で、さっぱり効きません。それを理解してもらって、それでもといわれるなら入院してもらいましょう」

「先生!」

新子はたまりかねて言葉をはさんだ。

「すると、主人はもう」

助かる見込みはないのかとは、光男の手前口にすべきことではなかった。

医師は淡々と言葉をつなぐ。

「そうです。生きてここを出ることはまずないでしょう。それでもよければ、と申しあげているんです」

「先生！　本人を前にして、それはあまりに残酷ではありませんか。第四か第五か、その薬が効かないということは、やってみないとわからんことやないですか！　せめて、薬を変えて、出来るだけのことをするから、山谷もがんばれと、どうして言ってくださらないのですか！」

言いつのりながら新子は涙があふれる。その涙が光男のシャツを濡らしつづける。

「私は嘘の言えないタチです。ご本人も家族の人も、最悪のかくごをして、その上で病いと闘ってもらいます。そのとき、名もない薬が効くという万一の僥倖があり得るのです」

返す言葉はもうなかった。

こんなことになるのなら、縄をつけてでももっと早く入院させるのだった。

新子は光男を抱えたまま、診察室のソファーにくずれ落ちた。

歯並びの少し老いたる馬が好き

光男は四ケ月入院して、昭和六十年十二月十二日に息を引き取った。

光男が危篤におちいった十一日の夕方、新子はその日に取得した車の免許証を握りしめていた。

「おとうさん見て、見て。見えますか。ついにやったのよ。明日からでも、今すぐにでも車に乗れるわ。おとうさんを乗せて、日本はおろか、世界中の国を走ってあげることができるのよ！おとうさん、ねむってはダメ！」

光男の喉仏がピストンのように上下している。鼻孔の酸素の管が今にもはずれそうだ。

それでも光男は手を伸ばして、免許証の青い手帖を取ろうとする。手に持たせると、目に近づけていくのだが、文字を読む視力はない。手帖が手からぽろりと落ちる。

「おとうさん、おとうさん」

光男の意識がふと戻ったらしい。

「ようやったなあ……乗せてもらうでェ」

「おとうさん、陽ももうすぐ来る」

「陽がなあ、三日前やったか……来てくれてリンゴを擂《す》ってくれよった……。あのぶさいくな手つきでなあ……」

笑ったつもりの頬をひきつらせて。

光男はそれっきり、答えてくれなくなった。

陽が黙然と父親を見下ろしている。その両こぶしがふるえている。

午前二時、看護婦が入って来て「よろしいですね」という。

何がよろしいのかわからないまま、光男の腕に注射が打たれた。皮がぼろぼろこぼれ散る枯れはてた棒のような二本の腕を、新子はさすりつづけていた。

「おとうさん、ずいぶんとらくになったみたいやな」

と、陽が言う。

光男の喉仏はいつのまにかおさまって、静かに寝息をたてている。と見ていると、その眼をぱっとあけて天井を見まわす。

「おとうさん」

「おとうさん、ぼくや、陽や！」

しかし、光男は天井を見回すことをやめようとしない。

ふと光男が何か言ったようだ。

「なに？　なんなの」

「きれいやあ……」

光男は天井に何を見たのだろうか。

夜の明け方には、もう新子にも陽にも視線は合わず、天井をぐるぐると見るばかりとなった。

両の手を胸に組もうとするのだが、手は両脇にすべり落ちる。

夜が明けると、光男の病室には急に人の出入りが激しくなった。

一人の看護婦がテレビのような物を持ち込む。また別の看護婦がアルコール綿を持って入ってくる。水とタンポンを持ったのは、またちがう看護婦だ。

それでも新子には光男が死ぬということが信じられなかったのだ。

朝の廊下で大塚医師にばったり会った。

「おはようございます」

「おはようって山谷さん。東京の娘さんやご親戚には知らせたんでしょうな」

「いいえ。山谷は、先生、もしかして山谷は死ぬのでしょうか！」

そばでやり取りを聞いていた陽が脱兎のごとく病室へ駆け込んだ。

「おとうさーん、おとうさーん」

陽が泣きじゃくっている。

「おとうさん、ぼくはまだなんも親孝行しとうへんやないか！　なんもしとうへんやないか！」

光男が死ぬ。

新子はぽかんと病室の隅に立ちつくしていた。

骨ひろい誰かおもしろがっている

光男が白くてもろい灰になって、鉄扉からがらがらと引き出されたとき、初めて新子は号泣した。

まわりに立って、骨ひろいを待っていた人々はびっくりして新子をふり返った。

そうであろう。

光男を連れて帰る車の中でも、通夜の席でも、納棺のときも本葬中も、新子はきぱっと顔をあげていたのだから。

喪主は陽につとめさせた。

新子と光男の縁は終わったのである。

それが、がらがらと光男が釜の中から引き出されたのを見たとき、一ぺんに崩れた。

光男がいない。光男の肉体が消え失せた。

ここにあるこの白い灰こそ何だろうか。

もしかして、先刻の急な号泣は、光男の妻だけが知る肉の別れではなかったかと、新子は焼場の帰り途で思った。


まどかが東京へ去り、陽が大阪へ去り、息子に先立たれた山谷甲太が足を曳きずって帰って行くと、新子は一人ぼっちになった。

海野が東京を捨てて姫路へ来たのはそのころのことである。

播州赤穂岬に、建設中途で挫折した特別養護老人ホームがある。海野はその立て直しの役を頼まれてやって来たのであった。

この話を取り次いだのは新子のともだちの田頭京子である。京子は姫路きっての花街である魚町でメンバーズ・クラブを経営している女性であった。

ちょうど東京を離れたがっていた海野は、三日考えて、西下に踏み切った。

仕事が出来る。今はその仕事の内容を云々しているときではなかった。

海野は、あと数日で正月という姫路駅へ降り立った。

「とうとう来てしまったよ」

久しぶりに聞く海野の声だった。

「いらっしゃい」

新子も万感をこめて答える。

「お互いにこんなに痩せちゃって……」

と、海野が腕をめくってみせる。

「そうね、いろいろありましたもの」

京子が用意してくれた海野の事務所兼用のマンションは、姫路市の西のはずれにあった。うしろは池と、うっそうたる樹林であった。

海野はここで仕事をしながら一人暮らしを始めた。

新子が訪ねていく夕ぐれでも、海野は机に灯をともして仕事に余念がなかった。

「今夜は何を作ってくれるのかな」

「けんちん汁よ」

「じゃあ京子さんも招《よ》んでいっしょに食べよう」

海野がやっと机から離れる。

出勤の華やかな服で京子が入ってくると、ぱっと花が咲いたようだ。

「京子さん、この池はいいね。夜になると鳥が水面を渡るんだよ。その声がまたよくてね、チーロロロ、ロロロロロチーって鳴くんだよ」

海野は東京時代とは見ちがえるように明るい。京子を中に話がはずみ、食が進み、新子はこのひとときの幸せを抱きしめるのだった。

才造

海野は毎月二十五日になると、何はさておいても銀行へ行く。どうしても自分が行けないときは一緒に働いている太田を使いに出すのだと、これは口の重い太田から新子が聞き出したことである。

「ねえ太田さん、海野さんは自宅へいくら送金しているの」

「……いえません」

「そうね、言えないことよね。でもわたしはね、海野さんの奥さんから送金を頼まれているの。給料のほとんどを送って、それからアルバイトの分は借金返済のローンに当てて、海野さんはどうやって食べていると思いますか」

「………」

太田は困り果てて、むくげの木の葉を指でしごいてばかりいる。誠実で一本気な太田の長い指が木の葉の汁に染まっていく。

新子は事務所へ入りたがっている太田を、さらに木の繁みへと誘っていった。

「太田さんは会計担当だから打ち明けるんだけれど、わたしね、店を閉めてここで働かせてもらうことにしたの。理事長もそうしてほしいとおっしゃるのよ。あしたから来ますからね、どうぞよろしくね」

太田がはっと目をあげて新子を見る。その青みがかった澄んだ目がまぶしい。太田がどこまで海野と新子のことを知っているかは測りかねたが、聡明な彼は、すぐに目を伏せてうなずくのだった。

「私のほうこそよろしくお願いします」

太田はやっと解き放たれた鹿のように、事務所へ向かって小走りに去った。

いのち大切ホールドアップ何程ぞ

新子が加わった海野の事務所は、初めのうちこそどこかぎこちなかったが、掃除や使い走りの女事務員も太田も、そして誰よりも海野がいちばん自然に新子を受け入れた。

海野は仕事にはきびしい男で、新子が作った書類にも容赦なく朱を入れていった。一般の会社と異なって、県庁や厚生省へ提出する書類作成に、事務所は深夜まで灯をともしていることが多くなった。

業者や役所の係員やらと、人の出入りも多くなった。

その出入りの人々の中に坂田才造が現われたとき、新子は一瞬おどろいた。

「才造さん」

「おや、新子さんじゃありませんか」

「あなた、どうしてここへ」

「新子さんこそ。いやおどろいた。川柳作家のあなたが事務机にすわっているなんて」

才造はこの街で、すこしは名の知れた画家だったので、その個展や文化人の会などで新子は顔見知りなのであった。

才造は海野とおないどしぐらいか、象のような体軀に空手で鍛えたグローブのような手を持ち、笑うとなくなるほどの細い目には人なつっこさがあふれていた。

海野が二人の間へ椅子を引き寄せた。

「いや、理事長に紹介された会計士が坂田さんだったんだよ。本業のほかに油絵をなさるとは聞いたのだが。そうか、新子さんと知り合いだったとは、奇遇ですね」

「ほんとうです。これからは三人で力を合わせて理事長の仕事を完遂させましょう」

才造は腹をゆすって、おいしそうに茶を飲んだ。

事務所が定時に閉まる日は、太田の車で夕食の買い出しに行く。

味噌二キロ、醬油や砂糖の調味料、活きのいい秋刀魚や鯖、露地物の野菜、牛肉、豚肉、鶏肉と、山のように買い込んで来る。

才造へ電話を入れる。メンバーズ・クラブへ出勤前の京子が呼ばれる。太田も加えてわいわいと、それが海野の唯一のたのしみの時間らしかった。

ある晩、才造が新子を散歩に誘った。

池の上には月が輝き、立ちどまると、虫の声が二人を包んだ。時折、ぱしゃっと魚が跳ねる音がした。

「いい月ですねえ」

と、才造が言う。

「才造さん、何か私に話がおありなのでしょ」

「そうです、新子さんはカンがいい。実は海野さんのことです」

「はい」

新子は池の端の切り株に腰をおろした。才造も並んで草の上にしゃがみ込んだ。

「海野さんが姫路へ来られるようになるまでのいきさつはざっと彼から聞きました」

「それで」

「あなたはご主人が亡くなられた。ご主人が亡くなられたあなたの気持ちが、海野さんに急傾斜していくのは、ごく当然でしょう」

「……」

「それがいけないとは言わないが、あなたが海野さんの生活費までめんどう見るのはよくない。それでは二人とも駄目になりますよ」

雲が出たのか、月がかげってつめたい風が新子のスカートを吹き抜けていく。

「ほんのすこしですが」

才造の大きな手が札を握っている。

新子は反射的に切り株から起ちあがって後ずさりした。

「頂けませんわ」

「新子さん、あなたにさしあげるんじゃない。これは海野さんのために使ってほしい金です。ぼくは海野さんのさびしさが分かるんです。楽天的にふるまっているが、彼は苦しんでますよ。われわれもごちそうになっているし、ね、黙って受け取っといてください」

新子は才造の手をふり切ると、月のかげった池の道を走り出した。私のしていることはまちがっているのだろうか。才造がここまで介入するほどに、海野は才造に心を割って話したのだろうか。

離れるとバッタの青の心細さ

海野と新子は才造の運転するワゴン車に乗って、秋深い峠道を走っていた。

「さあ、ここが兵庫県でいちばん紅葉の美しい場所ですよ」

才造が車を止めてドアを開けてくれる。

新子は見はるかす紅葉の山々に目を奪われる。足もとのすすきの風に心を奪われる。

何もかも、何もかも忘れてしまいたい。

海野のことも、海野の妻から度々届いているらしい手紙のことも、才造の海野への異常と思えるほどの接近の仕方も。

あるのはただ、この大自然の恵みである。

生きてあることのしあわせを思わせてくれるこういう場所へ、連れて来てくれた才造に感謝しなければなるまい。

新子は言葉に出してそれを告げようと、ふり向いた。

そして、あっと息をのんだ。

男二人が立っているのは、新子から数メートル離れた岩の上である。

カメラを目に当てている海野の背中に才造の手がまわされている。それだけなら危うい姿勢の友を支えているだけだろうが、才造の手は海野の背中をやさしげに上下しているのである。

よく見ると、左手は前にまわされて、海野の腰をしめつけているではないか。才造の視線は紅葉の山へは向かず、海野のうなじに吸いよせられている。

新子はよろよろと、すすきの中へ手をついた。その気配に才造がこちらを見た。細い目が夕日の中で光ったが、すぐに柔和ないつもの才造にもどっていた。

「あぶないですよ、新子さん。ここは自殺の名所でもあるんだから。ふふふ……」

才造は、やはり並の友情以上に海野を好きだったのだ。

鳴く虫や鳴かざる虫や恋苦し

いつかの夜の海岸でもそうだった。

海野が急に海を見たいと言い出したとき、才造は二つ返事で車を出してくれた。

「早く乗りなさい」

海野は新子も海岸へ行くものと決めて、明るくうながすのだったが、才造は細い目の奥から斜めに新子を見て言った。

「夜の海は寒いですよ。ご婦人にはむりかもしれませんよ」

新子は迷ったが、才造のそのひと言で一緒に行くことにした。

夜の姫路港は、はるかに家島の灯や漁火《いさりび》を見せてまっくらであった。

埋立地がどこまでも続き、そのあたりに赤や白の車が止まっているのは、若い男女のデートの場でもあるらしかった。

おそろしいほどに人影も人の声もない港である。潮の香りがつんと来る。

ちろちろ燃える火をたよりに近寄ってみると、それは港湾荷役の人々が古材木で焚火をしたあとらしかった。ビールの缶や酒の一合瓶がころがり、するめをいぶした匂いが残っていた。

「ああ、あったかい、これでメザシと燗酒でもあれば申し分ないのだが」

と海野が言った。

「はい、はい、ここにありますよ」

才造はジャンパーのふところから菊正宗の瓶を二本出した。酒は人肌にあたためられているのだろう。

「やあ、これは、これは」

海野がうれしそうに瓶の封を切る。

才造はしゃがんで、ポケットから取り出したメザシを火に焙《あぶ》っている。

あの時もそうだったと、新子は今、峠の景色の中でメザシの酒盛りのことを思い出している。

才造はなぜ、海野の欲しがる物を前もって用意できたのであろうか。

とんでもない時間の呼び出しにも、いやな顔ひとつせずに車をころがし、海野の望みをかなえてやる。

港へ行けば寒い。寒ければ男は酒を欲しがる。酒にはメザシが何よりの肴である。

――これは男同士だけに通じる友情の発露であろうか。

岸壁に打ち寄せる波の音の中で、新子は暗い沖に光男の姿を見ていた。そのとき、息もかかる近さに才造が立っていた。

「新子さん、お墓まいりをしていますか」

「はい。花の好きな人でしたからせめて、花だけは絶やすまいと思って」

「そう。それはよい心掛けです。ことのついでのようですが新子さん、海野さんから離れてあげる気はありませんか」

新子は前へのめりそうになった。すぐ足もとに黒い海が口を開けている。

「……海野があなたにそう言ったのですか」

「いいえ」

「ではどうしてそんなことをおっしゃるの」

「男の気持ちは男には分かるものです。海野さんは今、とても独りになりたがっている」

「わたしに事務所をやめろと……」

「そうです。やめて、家へお帰りなさい。新子さんには川柳という立派な仕事があるではないですか、ね」

「川柳では食べられませんわ。それに、わたしが事務所をやめたら、海野はどうやって食べて行くのでしょうか」

「ぼくがついてます」

才造は、不意にグローブのような手で新子の肩をつかんだ。

「おっと危ない。死ぬのは早いですよ、新子さん、ふふふ……」

あのときの才造の笑い声が、今は紅葉の山にこだまする。

三人は車の中へ戻った。

車は七曲りの山道をくだって、丸山川の流れに沿って平坦な道に入った。

才造がハーモニカを吹きながら片手運転を始める。

「才造さんうまいですね。どれどれ、ぼくにも吹かせてください」

「いいですよ、どうぞ」

一本のハーモニカを取り合って、二人の男はまるで兄弟のようだ。

サンタルチア、ローレライ、別れの曲、庭の千草、琵琶湖周航のうた……かわるがわるに唇をしめらせて吹きまくるハーモニカの哀愁が車の中の三人を少年と少女にもどらせる。

海野のひとみが輝いている。

こんな海野を見るのは久しぶりのことだ。海野にはこういう世界が必要なのだろう。

秋薔薇《あきそうび》　黄昏《たそがれ》　別れられそうな

車は城崎駅前に着いた。

才造が電話をかけると言って出ていった。

日はとっぷりと暮れて、兵庫県も北端のこの地はもう車の外へ出ると風が寒かった。

町中が温泉の匂いである。その匂いに、蟹や甘えびや、烏賊《いか》を焼く匂いがまじっていた。

「暗夜行路の町だね」

と、海野が言う。

それっきり二人は黙って、才造の帰りを待った。ずいぶん長い時間だった。

才造の巨体が駅前の電話ボックスを出るのが見えた。こちらへ向かって人を縫いながら近づいて来る。

「海野さん困りましたよ、新子さんの宿がない。民宿も何もいっぱいなんだって。ぼくとあなたは、ぼくの友人の寮へ泊めてもらうように話はついたんですがね、女連れはまずいらしくて」

「わたし帰ります。まだ汽車はあるでしょう」

言うなり新子は駅へ走り出していた。

最終列車に間に合った。

走り出すとき、海野が何か言ったようだったが、けっきょく海野は列車に乗らなかった。

列車が動き出して、しばらくしてから新子は自分の頰をつたう涙に気がついた。

事務所をやめて、海野と離れてみよう。

海野にとっても新子にとっても、それは一つの試金石になるにちがいなかった。

才造は市内に大きな屋敷を持ち、郊外にアトリエを持っている。

才造のいうように、海野のめんどうぐらいは見るゆとりがあるだろう。

ただ、才造の思うつぼにはまるのがしゃくであったが、彼の言うことにも一理はある。新子はそのときまだ、才造と海野の妻の間に密なる連絡があることを知らなかった。

才造が海野のために尽くしてくれるのは、才造の男気と友情のせいだとばかり思っていた。海野は単純明快な人柄である。決して才造の餌食になることはないであろう。

「なるようになるわ、ケ・セラセラよ」

列車がゆれて、汽笛が新子の胸に響いた。

新子の部屋には電話が二つあった。それが交互に鳴りひびく。

一つは、光男の死も閉店も知らぬ人たちからのもの、一つは新子個人へのものであった。

海野の電話は夕刻から夜にかけてかかってくる。

「今からみんなで食事だ、出て来ないか」

「才造さんのおもたせですか」

「そうだ。京子さんも、ああそれから才造さんも女の子を連れてくるそうだよ。みんなで待っているから、いいね」

海野はまったくくったくがない。

新子がみずからを責めて、職まで退き、幽閉同様に閉じこもっている気持ちなど一向に伝わっていないようだと、新子は拗《す》ねている。何もかもが今はうっとうしかった。

「おとうさん」

新子は黒枠の光男の写真に語りかける。

「わたしはどうすればいいのでしょうね」

新しい水を供えると、おだやかな光男の写真がすこし口許をゆるめたような気がする。

「あんたは、これまでも好きなように生きて来た。いまさら自分をころすことはないやろが。みんなが待っているなら行ったらどうや」

「さびしくないですか、おとうさん」

「なんの、もう、あんたとおれは別世界や。行っといで行っといで」

しかし、光男にそう言われると、よけいに海野のマンションへは足が向かなかった。新子は才造にこだわりつづけていたのである。

ああ肉よモネの睡蓮天に咲く

海野の方から倉敷へ行こうと声をかけてきたのは、光男の一周忌が終わってまもなくのことだった。

師走の倉敷の町を二人で歩いた。白壁と柳の町も冬ざれてはいたが、若い男女がぞろぞろと土産物屋をのぞいて歩いていた。

美術館を見て、グレコで珈琲を飲んだ。

「どうして近ごろはぼくのところへ来ないんだ」

「だって、才造さんと三人はもういやだもの」

「よし、それなら二人で小さな部屋を借りよう。京子さんにさがしてもらうといいよ」

「そうね、考えてみるわ」

新子はぱっと頰を輝かせた。

この人は……と、目の前の海野を見て思う。この人は約束を忘れていないのだ。娘が二十歳になったら正式に離婚するというあの話はほんとうなのだ。

これからの人生を海野に賭けてみよう。

倉敷から戻ると、新子は部屋さがしに日を費した。どんな貧しさにも今は耐えられる。京子の車であちこちさがすうちに、格安のアパートがみつかった。

海野は朝出て夜おそく帰ってくる。

「ただいま」

「おかえりなさいあなた」

海野が脱ぎ捨てたものを拾い集めながら、新子はこれが生活というものかと、いまさらにうれしかった。

夜は一枚の毛布にくるまってねむる。海野は夜通し灯をつけて本を読みながらねむるくせがあったが、新子はいつのまにか灯の下でねむるのにも慣れた。

朝は洗濯物を竿いっぱいにひるがえす。小鳥が啼《な》く。もうすぐ春なのだ。このアパートは夜勤めの女性が多く、他人の生活に立ち入ってこないのもありがたかった。

新子は校正の内職をしながら、海野を待つ生活に満足していた。

ここには才造も来ない。

海野圭子からの手紙も来ない。

電話は海野と新子だけの愛の回線である。

その電話が鳴ったのは、海野が東京の厚生省へ出張して三日目の朝のことであった。

「海野を出しなさい、海野圭子です」

新子はおどろいて声も出ない。

「海野さんは厚生省へ行ってまだ帰りません」

「知ってるわ、おととい会いましたから。あなた、山谷さん、私を何と思っているのですか、私は海野の妻ですよ。もう二十六年も連れ添っている妻ですよ。山谷さん、あなたは海野の愛人ですってね」

「アイジン……」

「そうよ、海野がそう言ったわ。情婦だとも言ったわ。恥を知りなさい恥を！」

「圭子さん」

新子は声がふるえるのが口惜しい。

「圭子さん、どうしてこの電話番号を……」

「海野の手帖を見たのよ。女の直感よ。それに、海野はあなたのこと、何もかも喋ったわ。私の平手打ちをくらってぽかんとしていたわ」

そうか、そうだったのか。

海野は圭子に私のことを話したのか。それは海野の誠意にちがいもない、と新子は思った。

新子は椅子を引き寄せてすわった。

「圭子さん、あなたは妻でありながら、姫路へ一度もいらっしゃいませんのね、それはどうしてですか」

「私は東京を離れないわ、生活力のない男について歩いたって仕方ないでしょ。でも、海野は私の夫ですからね、勝手な真似はさせませんよ。別れなさい今すぐに！」

新子は受話器を置いた。

深いよろこびがからだの芯から湧き起こってくる。頬に勝利の微笑が浮かぶ。

圭子は海野に抱かれてはいない。

取り乱しもせず、新子を責める圭子の声から新子は敏感にそれを感じ取っていた。新子こそは今も未来も海野の妻であった。

私の男むかしの服は着せませせぬ

新子は海野の衣裳ケースから古い洋服を取り出すと、鋏でたんねんに切り刻みはじめた。

下着にも靴下にも、ネクタイの一本一本にも圭子の好みが現れていた。

ネクタイは昆布結びにしてぬか漬けのぬかの中へねじ込んだ。ワイシャツは八ツ裂きにして鯖のはらわたをこすりつけた。ビニールの大きなゴミ袋がいくつもできた。

くたくたに疲れたところへ海野が戻って来た。

「何をしてる」

「ごめんなさい。あなたの衣類、ぜんぶ破りました」

海野はおおかたを察したらしい。

「圭子から何か言って来たのか」

「はい」

「ぼくが話したからね。しかし、電話番号までは言わなかったんだが」

「手帖を見られたそうです」

「そうか……それじゃ明日にでも番号を変更しよう。君がまいってしまうからね」

「わたしならいいのよ。もうわかってしまったことですもの。逃げもかくれもしないわ」

それよりもあれは何ですか、と新子の目が指さす。

海野は次の間にのべられた夜具の枕もとを見た。そこには一束の手紙が千枚通しに串刺しにされて、畳へ通してあるのだった。

「新子！」

君までがこんな下劣なことをするのかと、海野の顔が青ざめている。

「すみません、今日、事務所のあなたの机の中から持って来た海野圭子さんの手紙です」

手紙は、妻から夫へというものではなかった。それは三文小説にも似た恋文である。

あなた、こんどはどこで逢えますか。

あなた、寒い寒い夜です。娘と二人ラーメンを食べて、お風呂に入りたいのですが、ガス代がたいへんなのですわ。

あなた、雨のふる夜です。一人で舗道を歩いていると、ヘッドライトの中へ思わずとび込みそうになるのです。

あなたの送金は私たちの愛の証です。忘れず送って下さってうれしいですわ。

新子は海野が本を読んでいる枕辺にそっとすわると、裁ち鋏で毛布を切りはじめた。

「何をする！」

海野には新子が狂ったとしか思えなかった。はね起きて部屋の隅につっ立っている海野を横目に、新子はていねいに毛布を切り刻んでいった。紐の山が蛇のように見えた。

海野はダスターコートをひっかけて出て行ったきり、そのまま帰って来なかった。

三日経ち、五日経ち、十日の日が過ぎた。海野はあれっきり事務所にも出ていない。事務所では太田がつくねんとすわっていた。

「太田さん、毛布を持って来たわ。もし、海野さんが出て来たらこれを渡してね」

「毛布を、ですか」

「そう。海野さんはここしか泊るところはないもの」

太田は目をまるくして新子を見ている。どういう事情かと聞くような太田ではなかった。

「いろいろとあってね。太田さんにもめいわくかけてごめんなさいね」

新子は、このところ蜜柑《みかん》と牛乳しか喉を越さず、痩せおとろえた顔で太田にうすく笑ってみせた。

「あのう……」

珍しく太田のほうから口を切る。

「実はきのう給料日で坂田さんが海野さんの分を受け取って帰られました」

「坂田さんが。あの才造が海野の給料を持って行ったというの!」

新子はしまったと思った。

どうして今まで才造のことを忘れていたのだろう。そうだ、海野をかくまっているのは才造なのだ。どうしてそのことに気がつかなかったのかと地団駄をふむ思いである。

さいぞうをころしてからが汗になる

「ありがとう、太田さん」

新子は走った。どこをどう走ったのか覚えていない。やみくもに走って坂田会計事務所のドアをノックした。

「坂田さん」

え、というふうに才造が顔をあげ、三人の事務員がいっせいに新子を見た。

「坂田さん、海野の居所を教えてください」

才造は机の上の桃の花をペンの先で散らしながらうすらわらいをしている。

「坂田さんはきのう海野の給料を受け取ったでしょ、海野に手渡したはずでしょう。海野は元気でしたか、今すぐ会わせてください」

「知りませんよ、ぼくは」

才造は椅子をギイと鳴らして窓の方を向いたままである。

「坂田さん、それじゃあ給料はあなたが着服したと思っていいのね」

「とんでもない」

才造は細い目をきらりとさせて新子を見た。

「おきのどくでしたね新子さん、給料はそっくり東京のご自宅へ銀行振込みしましたよ」

「海野は自宅へ帰ったのですか」

「知りませんと言うとるでしょうが！」

「知らない人がどうして口座へ振込みができたのですか」

「海野さんから電話依頼されたんですよ」

「……」

新子は目の前がくらくなる思いだった。

しかし、才造は知っている。海野とどこかで会うか連絡をとっているにちがいないという確信が新子にはあった。

「坂田さん」

新子は才造の机へのしかかっていった。手にカッターナイフを握ったのがいつだったのか覚えていない。

「坂田さん、ほんとうのことを言いなさい。言わないと……」

才造は黙って新子の腕をひねった。新子の手からカッターナイフがぽろりと落ちた。

新子はそのまま才造に腕をねじりあげられて、ドアから放り出された。

手のとどく所に赤い灯油罐

十五日経ち、二十日が過ぎた。

新子はあてもなく姫路の街の路地から路地を歩きまわった。循環バスに乗ってもみた。喫茶店のはしごをした。駅に立ちつくす日もあった。映画館も二つ、三つと捜し歩いた。

京子が食事に誘ってくれる日以外は、何も食べない。新子の髪は白髪を増した。

「センセともあろう人が……」

と、京子は言う。

「海野さんなんてあきらめなさいよ、世の中広いのよセンセ」

新子は言い返す力もない。

そうじゃないのよ京子さん。私が海野を捜しているのは、もう一度だけ会って、あやまりたいだけなの——と言ってみても、真意は分かってもらえないだろう。

「京子さん、わたしを笑ってもいい。一度だけ力を貸してくれないかしら」

「いいわ、センセ。じゃあこうしましょう。今夜、才造の車のあとをつけるのよ」

その夜、京子の車は才造の事務所の脇へぴたりと着いた。夜だというのに京子はサングラスをかけている。新子は助手席で、これも姿勢を低くしていた。

灯が消えて、才造が事務所から降りてくる靴音がした。見覚えのあるワゴン車がエンジンをかける。京子の車が音もなく後を追う。才造の車は城の大通りから左折し、右折して、ごみごみと旅館の立てこんでいる一角に止まった。

才造が車から降りる。

新子は夢中であとをつけたが、才造がひょいと跳び越えた木の柵にストッキングをひっかけてころんだ隙に見失ってしまった。

京子と二人で見当をつけた安宿には、みかん色の灯りがついていた。

京子がとめるのもきかず、新子は宿のガラス戸を開けていた。

「お宅に、海野という人がご厄介になっているのですが、わたくし海野の家内です」

銚子を持ったまま玄関に出て来た宿の人はびっくりしたように新子を見おろした。年格好、顔形、背の高さなど並べてみたが、手を振られてしまった。こういう宿では尋ね人には慣れている気配もあった。

京子の車の中で、柵にひっかけて破れたストッキングを脱ぐと、ふくらはぎに血がにじんでいた。新子はその傷に唾を擦り込んだ。

「もういいわ京子さん、これで捜査も打ち切りにするわ。ごめいわくかけて、ごめんね」

京子の店で、その夜は飲めない酒を飲んだ。

そのとき相客の話が天啓のように新子の耳へとび込んで来た。

「坂田はんとこの土蔵な、近ごろ人が住んでるみたいやで。入り口も改造したし、窓にも新しい網戸がついた。誰かに貸しはったんやろか」

結婚

才造の家の土蔵は闇の中に黒々としずもっていた。二階に螢のような灯がついている。

手さぐりで入り口らしいところへたどりついて、二度、三度叩いてみたが応答がない。

地虫がじいじい鳴いている。

思いきって二階の窓に石を投げてみようか。いや、そんなことをすれば海野はまた行方知れずになってしまうだろう。

新子は草の露に靴を汚して帰って来た。


海野とわずかの間暮らしたアパートの部屋の窓を開ける。

早春の夜の湿った空気が流れ込んで、どこかに菜の花が匂う。

今の暮らしを母が知ったなら、どんなに嘆くであろうか。かつての河川敷ぐらしの折にも「五十に手のとどくおまえがこんなことをして……」と泣き狂った母である。

その五十も半ばを越えてしまった。そしてまだ、逃げた男を追い求めている新子を、母は何といってののしることだろう。

海野は妻の圭子から逃げ、今また新子から逃げて、才造という男友だちにかくまわれている。海野を独りにしてあげよう。

しかし、その前に、言わねばならぬことがあった。言ってさっぱりと別れたい。

新子はそれがかくしようなき海野への未練だということもよく分かっていた。また、才造を理不尽に責めている自分の心に新子は決着をつけたかった。

（私がおかしいのかもしれない）

新子は知り合いの精神科医を訪ねて、三人の関係を話してみた。

医師は新子の話をとっくりと聞いてから、誰もおかしい人はいませんよと、事もなげに答えた。

「強いて言えば海野さんがいちばんまともですね。彼は人を疑うということがほとんど無い人です。そして何よりも信念のゆるがない人ですね。新子さんはジタバタしないで海野さんを信じていたらいいですよ」

新子は医師の言葉を胸にたたんで帰って来た。

柱に吊るしてある倉敷の民芸品、壁の絵は尾瀬沼である。箒の一本、石鹸の一つにまで海野の思い出がしみついている。

新子は海野の匂いをまだ知らぬ新しい毛布にくるまって、死んだようにねむった。

茶房にて風船一つふくらみぬ

翌朝、才造の家からほど近い四つ辻で、新子は三十日ぶりの海野を見た。

髪も髭も伸び放題の海野は、頬もこけ肩も落ちて、ひとまわり小さく見えた。

海野も新子を見た。一瞬踵《きびす》を返そうとした海野は、町中での醜態をおそれたのか、「やあ」と、それがくせの左手で髪をかきあげてみせた。

海野の話によると、死のうとして連絡船に乗ったことが二度もあるという。

「――こんなひどいウツなのに、なかなか死ねないものだね」

小さな喫茶店にはモーニングコーヒーの客が声高に喋っていて、海野の声がよく聞きとれない。

「死ぬなんていちばん卑怯よ。わたしも死にたかったけれど、あなたに詫びるまでは死ねなかった」

「ひどく痩せたね、すまなかった……」

私をこんなにさせてもあなたは平気なのでしょう。あなたが大切なのは家族だけ。身のまわりの世話もしないで恋文ばかりよこす人にせっせせっせと送金してさ。死ぬほどのウツの中でもあなたは才造に頼んで家族にお金を届けたでしょう。

海野を目の前にすると、胸に繰り言があふれてくるが、それは口に出せることではなかった。

海野が新子の心を読んだように口を切る。

「ぼくが家族に送金するのは責任感だよ。それと、意地もある。有無を言わさぬためにはそれしかないのだ、そういう女なんだ。その点、あんたにはとことん甘えてしまって。どういうのかなあ……、何をしても許しあえる気がするんだ。身勝手きわまりないのだが」

「いいのよ」

新子はテーブルのヒヤシンスを一本抜いて鼻によせながら淡々と答える。

問わず語りに海野は話しつづける。

「才造さんとこではよくしてもらったんだよ。でもね、才造さんが夜中に土蔵へやってくるのには弱ったよ。世話になっていることだし、がまんしてたんだが、とうとう入り口に心張り棒をかうことにしたよ。いくら戸を叩かれてもねむったふりをしていた」

「夜中にやって来て何の用かしら」

「用はないのさ、ただ、ぼくの健康状態を見て、おやすみと言うだけだよ」

「親切な人なのね」

「ありがたいよ。しかし、ああなると監視つきだね。息がつまりそうだ」

「ねえ」

新子はヒヤシンスを花瓶にもどして、海野の方へ身を乗り出した。

さびしさの神戸元町シャーベット

「ねえあなた、神戸へ出ましょうよ。わたしも姫路の生活、つくづくいやになったわ。才造さんにも楯ついたしね、この町へもう居たくない。もしも、あなたもそうなら、思いきって神戸へ行きましょうよ」

「神戸か。神戸へ出られたらどんなにせいせいするだろう。しかし、ぼくは文無しだ」

「わたし、借金するあてがあります」

海野との打ち合わせはとんとん進んだ。まず新子は金を工面して神戸のマンションさがしをする。マンションがみつかったら、姫路のアパートを出る準備である。

海野はかんたんには才造の土蔵から出られないという。人が住めるように土蔵を改造した費用やら、それとは別に才造に借りた金があるというのだ。

「まず、わたしが神戸へ脱出してからでいいわ。夜の間に荷造りをしておいて、早朝、そうね、六時にタクシーを予約して一気に逃げ出すのよ」

「金を借りている」

「それはあとから礼金も合わせて送りましょう。ね、思いきりよくやらないと、あなたは一生あの土蔵で飼いごろしよ」

新子はまだ桜には早い風の坂を一人で歩いていた。神戸は坂の多い町である。東西に帯のようにのびた街は、南側の海から北側の山まで、タクシーならワンメーターという近さである。手がかりのない新子は、不動産屋を次々と当たるしかない。神戸の坂道にはファッションがあふれ、気のきいた食べもの屋が軒を連ねている。高層マンションのあの一つの窓さえ手に入らないのかと、新子は足をひきずって歩いていく。

四軒目の不動産屋でやっと手ごろなマンションがみつかった。それは新神戸駅のすぐ近く、通称くもち坂という坂のとっかかりに建っている四階建てのマンションであった。

北には六甲連山が青々と迫り、窓を開ければ港がけぶって見える。

「エレベーターがないですよ」

と、案内した不動産屋が言う。

「いいわ、今は天にも駆け登れる気持ち」

新子はその日のうちに手金を打った。

運命のぐわらぐわらと五月晴

海野圭子が神戸へ来るという。多分別れ話だろうと海野は言う。新子はそれを信じた。

海野は圭子を神戸でも一流のポートピアホテルに泊めて、じっくりと話し合ったと、新子に報告した。

「離婚に応じてくれそうだよ」

「へえ、あれだけ高飛車に出ていた人が、よく承知したわね」

「話のコツというのがあるさ。ぼくは圭子の性格をよく知っているからね」

そう。それはお金のことでしょう。

「わたし、お金作ります。圭子さんに新子が礼を言っていたと伝えてね」

海野は黙ったまま、はるかにクレーンが並ぶ港を見ていた。うしろ姿がさびしげなのはきっと私もそうだろうと新子は思った。

七日ほど後に圭子から封書が届いた。

新子は海野が封切ったまま机の上に置いてあるそれを、手に取ることができなかった。

一人の女が離婚を決意することがどんなにつらいことか。二十六年の共暮らしの中で海野夫婦に何がどのように積まれていったのか、そうしてそれがどういう形で崩れていったのか、新子の憶測は許されないことだけれど、新子は一夜、海野圭子のために涙を流した。

愛とはほんとうにむごいものである。

一つの幸せのうしろにはかならず一つの不幸が存在する。その、人の不幸を踏み台にしなければならない幸せのつらさに新子は責められつづけた。

新子はまた、光男とのながい人生を思っていた。

光男が元気でいたなら、新子は離婚を申し出ていたはずである。六十を越えて、妻から離婚される夫は、これもはなはだしい不幸である。光男にそのつらさを知らさずにすんだことが、何よりも新子にはありがたいことだった。

除籍入籍　椿ポタポタ落ちる中

新子は姫路市役所の窓口に立っていた。

「戸籍謄本を取りたいのですが」

「筆頭者名を書いてください」

山谷光男、と書く手が少しふるえた。

「山谷光男さんは死亡なさっています。筆頭者は山谷新子さんですよ」

山谷新子、そうか、私が筆頭者なのかと、またペンがふるえた。

出てきた二枚綴りの紙を新子は打ち眺める。

山谷光男死亡、山谷まどか婚姻のため除籍、山谷陽婚姻のため除籍。そうして今また山谷新子が消えていく。

「おとうさん、ながいあいだありがとう」

市役所を出た足で光男の墓を訪ねた。

ていねいに水をかけて、てのひらで洗う墓は、五月の陽を受けてもったりと温もっていた。

光男の好きだった都わすれの花をたっぷりと花筒に入れる。

「おとうさん、お墓まいりもこれでおしまいです。わたしは海野という人と結婚します。わたしはずっとあなたの墓へおまいりしたいけれど、それはいけないことだと人から教えられました。さようならです、おとうさん」

線香のけむりの中で、新子はながいあいだ草の上にすわっていた。

「おとうさん、わたしは若いときからずっとあなたとはこの世限りの縁でいたいと願ってきました。あなたといっしょの墓に入りたくないと言って、陽を困らせたこともあります。今、そのむくいが来たのですね。もう、どんなに望んでも、わたしは山谷の墓には入れない人間になってしまいました。おじいちゃん、おばあちゃん、ほんとうにありがとうございました」

やっと起ちあがると、春の草の湿りでスカートが濡れていた。その尻をぽんぽんと叩いて、新子は墓地を後にした。

海野と新子が神戸中央区役所へ行った日はしとどの雨が降っていた。

区役所の機械音が妙にわびしい。事務的に処理する女事務員の声もわびしい。

待たされる区役所の庭には、乙女椿や藪椿が植えられて、見ているうちに花が落ちる。数えるいとまもないほどに椿は落ちつづける。

海野の顔色も暗く、新子は声をかけそびれていた。声をかけるにしても、言葉がみつからなかった。海野はこうもり傘の柄にひたいをくっつけて目を閉じている。

十年前に、茨木の駅頭で出遇って今日までのいろいろなことが走馬灯のようによぎって行く。

「この人は」

と、新子は思う。この人は世渡りのからきし下手な人だけれど、私との約束だけは守ってくれたわ。つらかったでしょう、苦しかったでしょう、と言ってあげたい。

しかし、今は何を言っても嘘になる。

五十六歳と五十八歳の男と女が、再出発の区役所の窓口で、こんなにも浮かない顔を並べている。それだけが真実だった。

新子は、まるで自分を写しているような海野の暗さをじっとみつめて立っていた。

出発やせめても胸に白い花

海野の発案で、二人だけの結婚式をあげることにした。

神戸の北野坂をぶらぶら歩いていると、不動明王の石柱が見えた。境内に入っていくと、いろいろな神様が祀られていて、どれがお不動さまなのか分からない。

「どれでもおなじさ」

と、海野が言い、そのへんの石に向かって柏手を打った。手拍子はそろわずちぐはぐな音になった。

「気がすんだかい」

「ありがとう。結婚式はわたしのためだったのでしょ」

「そうだ」

坂をくだってラーメンを食べ、坂を登ってくもち坂のマンションへ戻って来た。

「心が浮かないことね」

「浮いたらおかしいよ」

「そうね、当分は良心とやらに責めさいなまれるわ」

「そうじゃないよ。とまどいだよ。そのうちに落ちついてくるさ」

友人知己を招待して、形ばかりの披露をしようと言い出したのも海野である。

新子は陽から届いた手紙を海野に差し出した。

「――ぼくは、海野さんに母をよろしくと言う気はありません。ただ、山谷新子にとって海野さんが必要であり、プラスになるお方であるなら、山谷新子をよろしくとだけ、おねがいするつもりです」

海野は陽の手紙を封筒に戻して、それを持ったまま窓際へ歩いていった。

「陽君もおとなになったね」

海野三郎と山谷新子の結婚披露宴は、五月の末に、神戸の北野クラブで開かれた。

招待状のおどろきからまだ醒めやらぬ人々の拍手に囲まれて、海野はあごを引いて立っていた。もう何をどう言われようが出発するだけだと、その横顔が語っている。

新子はそんな海野を意識しながら、うつむいて祝辞に耐えていた。髪につけた白い花が窓からの風に揺れて、新子はその日、美しかった。

〔1988（昭和63）年12月『小説 新子』初刊〕

P+D BOOKS ラインアップ

白い手袋の秘密　瀬戸内晴美　●「女子大生・曲愛玲」を含むデビュー作品集

耳学問・尋三の春　木山捷平　●ユーモアと詩情に満ちた佳品13篇を収録

青春放浪　檀一雄　●小説家になる前の青春自伝放浪記

風祭　八木義德　●肉親との愛憎の葛藤の歳月を紡ぐ連作集

女のいる自画像　川崎長太郎　●私小説作家が語る様々な女たちとの交情

伊豆の街道　川崎長太郎　●五十歳のやもめ作家と人妻との恋情を描く

P+D BOOKS ラインアップ

つぶやき岩の秘密　新田次郎　●山岳小説の大家が描く傑作少年冒険小説

小説　新子　時実新子　●情念川柳の作り手・時実新子の半生記

暗い夜の私　野口冨士男　●大戦を挟み時代に翻弄された文人たちを描く

貝がらと海の音　庄野潤三　●金婚式間近の老夫婦の穏やかな日々を描く

せきれい　庄野潤三　●〝夫婦の晩年シリーズ〟第三弾作品

庭のつるばら　庄野潤三　●当たり前にある日常の情景を丁寧に描く

P+D BOOKS ラインアップ

武蔵野インディアン 三浦朱門 ● “武蔵野インディアン”とは何者か？

天上の花・蕁麻の家 萩原葉子 ● 萩原朔太郎の娘が描く鮮烈なる代表作2篇

父・萩原朔太郎 萩原葉子 ● 没後80年。娘が語る不世出の詩人の真実

光 日野啓三 ● 近未来の東京“喪失と新生”の物語

海軍 獅子文六 ● 「軍神」をモデルに描いた海軍青春群像劇

達磨町七番地 獅子文六 ● 軽妙洒脱でユーモア溢れる初期5短編収録

P+D BOOKS ラインアップ

兎の結末・独身者の憂鬱 柏原兵三 ● 敗戦後に思春期を送る少年たちの日常を描く

悪魔のいる文学史 澁澤龍彥 ● 澁澤龍彥が埋もれた異才を発掘する文学史

明日という日 神吉拓郎 ● 都会に住む男女の微妙な心の機微を描く

夜風の縺れ 色川武大 ● 単行本未収録の39編と未発表の「日記」収録

火まつり 中上健次 ● 猟奇一家殺人事件を起こした男の壮絶な物語

天の歌 小説 都はるみ 中上健次 ● 現代の歌姫に捧げられた半生記的実名小説

（お断り）

本書は1994年に朝日新聞社より発刊された文庫を底本としております。あきらかに間違いと思われるものについては訂正いたしましたが、基本的には底本にしたがっております。また、一部の固有名詞や難読漢字には編集部で振り仮名を振っています。

本文中には保健婦、浮浪者、パンパン、百姓、漁師、遣り手婆、遊女、「髪はインド人もびっくりのチリチリ」、女中、てなし子、魚屋、ママ子、看護婦、処女句集、娼婦、女将軍、女社長、情婦などの言葉や人種・身分・職業・身体等に関する表現で、現在からみれば、不当、不適切と思われる箇所がありますが、著者に差別的意図のないこと、時代背景と作品価値とを鑑み、著者が故人でもあるため、原文のままにしております。差別や侮蔑の助長、温存を意図するものでないことをご理解ください。

時実 新子（ときざね しんこ）
1929（昭和4）年1月23日- 2007（平成19）年3月10日、享年78。岡山県出身。本名・大野恵美子。1963年句集『新子』でデビュー。1987年句集『有夫恋』がベストセラーに。1976年三條東洋樹賞受賞。

P+D BOOKSとは

P+D BOOKS（ピー プラス ディー ブックス）とは
P+Dとはペーパーバックとデジタルの略称です。
後世に受け継がれるべき名作でありながら、現在入手困難となっている作品を、
B6判ペーパーバック書籍と電子書籍を、同時かつ同価格で発売・発信する、
小学館のまったく新しいスタイルのブックレーベルです。

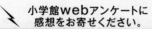

小説 新子

2023年2月14日　初版第1刷発行

著者　時実新子
発行人　飯田昌宏
発行所　株式会社　小学館
〒101-8001
東京都千代田区一ツ橋2-3-1
電話　編集　03-3230-9355
販売　03-5281-3555
印刷所　大日本印刷株式会社
製本所　大日本印刷株式会社
装丁　おおうちおさむ　山田彩純
（ナノナノグラフィックス）

ISBN978-4-09-352458-2

P+D BOOKS